典

李商隐

唐宋卷

陈祖美 主编
黄世中 编著

河南文艺出版社
·郑州·

图书在版编目(CIP)数据

李商隐集/黄世中编著. —郑州:河南文艺出版社,2018.11

(中华经典好诗词/陈祖美主编)

ISBN 978-7-5559-0680-3

Ⅰ.①李…　Ⅱ.①黄…　Ⅲ.①唐诗-诗集　Ⅳ.①I222.742

中国版本图书馆 CIP 数据核字(2018)第 129430 号

出版发行　河南文艺出版社
本社地址　郑州市鑫苑路 18 号 11 栋
邮政编码　450011
售书热线　0371-65379196
承印单位　河南瑞之光印刷股份有限公司
经销单位　新华书店
纸张规格　890 毫米×1240 毫米　1/32
印　　张　7
字　　数　153 000
版　　次　2018 年 11 月第 1 版
印　　次　2018 年 11 月第 1 次印刷
定　　价　29.00 元

图书如有印装错误,请寄回印厂调换。
印厂地址　河南省武陟县产业集聚区东区(詹店镇)泰安路
邮政编码　454950　　电话　0391-2527860

导言

陈祖美

“中华经典好诗词”丛书是从浩如烟海的中华优秀诗词中几经精简、优中选优的一套经典诗词丛书。全套丛书共分先唐、唐宋、元明清三卷。其中唐宋卷唐代部分包括大小李杜，即李白、杜甫、李商隐、杜牧四位大家的作品专集，以及唐代其他名家的诗词精品，即《唐代合集》；宋代部分包括柳永、苏轼、陆游、辛弃疾四位大家的作品专集，以及宋代其他名家的诗词精品，即《宋代合集》。唐宋卷合计共十种。

综观本卷的十个卷本，各有别致之处和亮点所在。

李白和杜甫本是唐代名家中的领军人物，读过李、杜二卷更可进一步领略李、杜之别不在于孰优孰劣，而主要在于二人的性情禀赋、所处环境、生平际遇，以及所运用的浪漫主义和现实主义创作方法的不同。从林如海所编的《李白集》中，我们可以体会到诗仙作品那“笔落惊风雨，诗成泣鬼神”的艺术魅力。宋红编审在编撰《杜甫集》时，纠正了新旧注释中的不少错误，再三斟酌杜甫的全部诗作，为我们提供了不曾为历代选家所关注的一些新篇目，使我们对杜甫有了更深层次的认识。

在李白、杜甫身后一个多世纪的晚唐时代，再度出现了李商隐、杜牧光耀文坛的盛事。

平心而论，在唐宋卷的十种中，《李商隐集》的编撰怕是遇上较多难题的一种。感谢黄世中教授，他凭借对李商隐研究的深厚功底，不惮辛劳，从李商隐现存的约六百首诗作中遴选出八大类佳作，为我们消除与李商隐的隔膜开辟了一条捷径。

杜牧比李商隐的幸运之处，在于他尽管受到时相李德裕的多方排挤，却得到了同等高官牛僧孺的极力呵护和器重。再说杜牧最后官至中书舍人，职位也够高了。从总体上看，杜牧的一生风流倜傥，不乏令人艳羡之处，他的相当一部分诗歌读来仿佛是在扬州“九里三十步的长街”上徜徉。对于胡可先教授所编的《杜牧集》，您不妨在每年的春天拿来读一读，体验一下“腰缠万贯，骑鹤下扬州”的美好憧憬。

《唐代合集》所面临的主要难题是版面有限而名家、好诗众多。为了在有限的版面中少一点遗珠之憾，编者陈祖美主要采取了以下三种缓解之策：一是对多家必选的长诗，如《春江花月夜》《长恨歌》《琵琶行》等忍痛割爱；二是著名和常见选本已选作品，尽量避免重复，这里不再选用；三是精简点评字数。

唐宋卷中《柳永集》的编撰难度同样很大，其难点正如陶然教授所说：在柳永的生平仕履中谜团过多、褒贬不一。所幸，陶然教授继承和发扬了其业师吴熊和教授关于柳永研究的种种专长和各项成果，创造性地运用到本书的编撰之中，从而玉成了这一雅俗共赏的好读本。

仅就本丛书所限定的诗词而言，苏轼有异于以词名世的柳永和辛弃疾,洵为首屈一指的“跨界诗词王”! 那么,面对这位拥有两千多首诗、三百多首词的双料王牌,本书的编撰者陶文鹏教授运用了何种神机妙策,让读者得以便捷地领略到苏轼其人其作的精髓所在呢? 答曰:科学分类,妙笔点睛。不仅如此,本集在题材类编同时,还按照五绝、七绝、五律、七律、词、古风等不同体裁加以排列。编撰者将辛劳留给自己,将方便奉献给读者。

高利华教授所编撰的《陆游集》,则是对陆游“六十年间万首诗”的精心提取。正是这种概括和提取,为我们走近陆游打开了方便之门。编者将名目繁多的《剑南诗稿》(包括一百三十多首《放翁词》)中优中选优的上上佳作分为九大类。我们从前几个类别中充分领略了陆游的从军之乐和爱国情怀,而编者所着力推举的沈园诗则是陆游对宋诗中绝少的爱情篇章的另一种独特贡献。尤其值得一提的是,《陆游集》的更大亮点在于“家祭无忘告乃翁”这一类诗所体现的好家风。山阴陆氏的好家风,既包括始自唐代陆龟蒙诗书相传的“笠泽家风”,更有殷切期望后人继承和发扬为国分忧、有所担当的牺牲精神。

邓红梅教授所编的《辛弃疾集》,将辛弃疾六百余首词中的佳作按题材分为主战爱国词和政治感慨词等十一类,从而把人称“词中之龙”的辛弃疾,由人及词全面深刻地做了一番透视与解剖。这样,即使原先是“稼轩词”的陌路人,读了邓红梅的这一编著,沿着她所开辟的这十多条路径往前走,肯定会离辛弃疾越来越近,并从中获得自己所渴望的高品位的精神享受。

唐宋卷由《宋代合集》压轴,不失为一种造化,因为本集的编撰者王国钦先生一贯擅出新招儿、绝招儿。他别出心裁地将本集的八个分类栏目之标题依次排列起来，巧妙地构成一首集句七言诗：

彩袖殷勤捧玉钟，为谁醉倒为谁醒？
好山好水看不足，留取丹心照汗青。
流水落花春去也，断续寒砧断续风。
目尽青天怀今古，绿杨烟外晓寒轻。

读了这首诗想必读者不难看出，这八句诗分别出自宋代或由唐入宋的诗词名家之手。这些佳句呈散沙状态时，犹如被深埋的夜明珠难以发光。国钦先生以其披沙拣金之辛劳和出人意料的奇思妙想，将其连缀成为一首好诗。它不仅概括了本集的主要内容，也无形中大大增添了读者的兴趣。

接连手术后未及痊愈，丁酉暮春
勉力写于北京学院路寓所
2017 年 12 月

目　录

无题诗·春蚕到死丝方尽

恋情诗 · 芭蕉不展丁香结

婚情、悼亡诗 · 深知身在情长在

咏物诗 · 忍委芳心与暮蝉

送别、赠寄诗 · 送到咸阳见夕阳

感怀诗 · 古来才命两相妨

咏史、怀古诗 · 草间霜露古今情

政治诗·夕阳无限好,只是近黄昏

无题诗

春蚕到死丝方尽

无题

八岁偷照镜，长眉已能画[①]。

十岁去踏青[②]，芙蓉作裙衩[③]。

十二学弹筝，银甲不曾卸[④]。

十四藏六亲[⑤]，悬知犹未嫁[⑥]。

十五泣春风，背面秋千下[⑦]。

［注释］

①长眉：古以长眉为美。司马相如《上林赋》："长眉连娟，微睇绵藐。"

②踏青：春日郊游。

③裙衩：下裳。衩，衣裙开衩处。

④银甲：银制指甲套，用以弹筝。

⑤藏六亲：六亲一般指父、母、兄、弟、妻、子。意谓藏于深闺，不见六亲。

⑥悬知：悬，悬猜；悬知，猜测而知。忖度之词。

⑦面：用如动词，向，对。

［点评］

此《无题》，旧笺多以为有寄托。李商隐《无题》诸作，向有“寄托”与“恋情”两说。明杨孟载首言《无题》为“寄寓君臣遇合”，清吴乔在《西昆发微》中又专倡“寄托令狐”，以为《无题》诸诗全是陈情之作。此后朱龄鹤、程梦星、冯浩、张采田将“寄托”说推演极致，“动辄令狐”。相比之下，姚培谦、屈复、纪晓岚三家则较为通脱，或以为有寄托，或以为未必寄托。纪晓岚《玉溪生诗说》云：“《无题》诸作，有确有寄托者，‘来是空言去绝踪’之类是也；有戏为艳语者，‘近知名阿侯’之类是也；有实有本事者，如‘昨夜星辰昨夜风’之类是也；有失去本题而后人题曰《无题》者，如‘万里风波一叶舟’一首是也；有失去本题而误附于《无题》者，如‘幽人不倦赏’一首是也。宜分别观之，不必概为深解。其有摘诗中字面为题者，亦《无题》之类，亦有此数种，皆当分析。”然纪氏于“八岁偷照镜”一首则未作具体解笺。唯姚培谦以为此诗乃恋情之什而非寄托之诗。姚云：“义山一生，善作情语。此首乃追忆之词。迤逦写来，意注末二句。背面春风，何等情思，即‘思公子兮未敢言’之意，而词特妍冶。”姚氏定此篇为“情语”，赞其“何等情思！”而抒情主体即“思公子”之女郎。

论者多首肯纪氏之说，以为《无题》诸诗应作具体分析。然落至具体诗篇，则仍多分歧。然解诗固不必绝求一律，只需言之成理，持之有据，不妨多解并存。义山《无题》亦不妨作“诗谜”之类读。如此篇，作义山为一女郎写照，追叙其少年情事，当作代言体读，则未必有何寄托。至于此女郎为谁，是后来成为妻子之王茂元女，抑或别一女子，诠释者有据，尽可以“猜”，可以索隐。

无题二首

凤尾香罗薄几重，碧文圆顶夜深缝[①]。
扇裁月魄羞难掩，车走雷声语未通[②]。
曾是寂寥金烬暗，断无消息石榴红[③]。
斑骓只系垂杨岸，何处西南任好风[④]？

重帏深下莫愁堂，卧后秋宵细细长[⑤]。
神女生涯原是梦，小姑居处本无郎[⑥]。
风波不信菱枝弱，月露谁教桂叶香[⑦]。
直道相思了无益，未妨惆怅是清狂[⑧]。

［注释］

①“凤尾”二句：凤尾罗即凤文罗。碧文圆顶，一种圆顶百折的罗帐，唐人婚礼多用之，谓之百子帐。

②“扇裁”二句：班婕妤《怨歌行》：“裁为合欢扇，团团似明月。”《长门赋》：“雷殷殷而响起兮，声象君之车音。”

③“曾是”二句：曾是，已然，已是。金烬，灯盏上的残烬。石榴，五月始花。上句言无数个夜晚伴随残灭之灯花，孤寂度过；对句云自春至夏，绝无消息。

④"斑骓"二句:《易·坤》:"西南得朋,东北丧朋。"曹植《七哀》:"愿为西南风,长逝入君怀。"西南好风谓知心人,或所恋女子。

⑤"重帏"二句:莫愁事屡见,比所思女子。此亦拟想之辞,言其重帏深下,惟于眠卧中思我耳。

⑥"神女"二句:巫山神女事屡见。古乐府《青溪小姑曲》:"小姑所居,独处无郎。"神女、小姑均以比所思之女子。

⑦"风波"二句:为所思女子之被摧残而伤感不平,菱枝、桂叶皆喻指所思。刘学锴、余恕诚曰"不信",是明知而故意如此,见"风波"之横暴;"谁教",是本可如此而竟不如此,见"月露"之无情。

⑧"直道"二句:直道,就使、即使,假定之辞。清狂,不慧或白痴,此引申为痴情。

[点评]

"凤尾"一首纯为恋诗,据三、四句,女羞掩团扇,男车走雷声,可与《无题》"白道萦回入暮霞"一首同参。

此抒情主体应为诗人自己。首联为作者拟想之辞:所思女子定于深夜缝制凤尾纹之碧罗帐,其帐纱薄,散发绮罗香泽。此种多层复帐,唐人称"百子帐",婚礼所用。而首句"罗"用"香"(相),次句用"缝"(逢),寄意显然。三、四回顾一匆匆相遇之情景,女子以团扇含羞半掩,而诗人车走雷声,欲语而未通,极似另首《无题》云:"白道萦回入暮霞,斑骓嘶断七香车。春风自共何人笑?枉破阳城十万家。"此《无题》亦男骑斑骓。又《对雪》云"肠断斑骓送陆郎",合此商隐诗三次"斑骓",抒情主体均为诗人自己。五、六转写相思无望，以灯暗和春尽作比。七、八反照三、四，言前回相遇匆匆，未能一诉衷怀，今我斑骓就在垂杨岸边。诗人搔首踟蹰，急切等待，忽作奇想：何处等来一阵西南好风，吹将汝来？姚培谦曰："此咏所思之人，可思而不可见也。"

"重帏"一首亦咏所思之人。首联拟想所思女子重帏深下，独自无聊景况。言外有被禁锢或清规所限而不得自如出入。三、四言相思之不可得。渴望与彼有神女巫山之会。然彼如小姑，居处本不可有"郎"，又焉能如巫山神女之会乎？古乐府《青溪小姑曲》云："开门白水，侧近桥梁。小姑所居，独处无郎。"胡以梅笺："本非匹偶，所以不能为之郎也。"按吴均《续齐谐记》、刘敬叔《异苑》均以小姑为青溪神女。此联以巫山与青溪神女喻所思女子，意亦一女冠。道观森严，女冠为道观清规戒律所拘，故五、六言如菱枝横遭风波，如桂叶不为月露所悯。七、八自嘲自解，言即使明知相思无益，亦不妨付一片惆怅痴情之心！

二首均为所思女冠不得相谐而发。

无题

相见时难别亦难[①]，东风无力百花残。

春蚕到死丝方尽[②]，蜡炬成灰泪始干[③]。

晓镜但愁云鬓改，夜吟应觉月光寒。

蓬山此去无多路，青鸟殷勤为探看[④]。

[注释]

①“相见”句：曹丕《燕歌行》：“别日何易会日难。”曹植《当来日大难》：“今日同堂，出门异乡。别易会难，各尽杯觞。”

②“春蚕”句：《古子夜歌》：“春蚕易感化，丝子已复生。”《西曲歌·作蚕丝》：“春蚕不应老，昼夜常怀丝。”朱彝尊云：“古乐府‘思’作‘丝’，犹‘怀’作‘淮’，往往有此。”

③“蜡炬”句：陈后主《自君之出矣》：“思君如夜烛，垂泪著鸡鸣。”“思君如昼烛，怀心不见明。”杜牧《赠别》：“蜡烛有心还惜别，替人垂泪到天明。”

④“青鸟”句：青鸟，神话传说中西王母传信之神鸟，喻指信使。言殷勤探候之意。

[点评]

此诗抒写暮春时节与恋人别离之忧伤。据“蓬山”句，似亦女冠如宋华阳之流。《山海经·海内北经》："蓬莱山在海中。"郭璞注："上有仙人，宫室皆以金石为之，鸟兽尽白，望之如云。在渤海中也。"

首句衍自曹丕《燕歌行》"别日何易会日难"，以"相见"取代"会"，去掉"何"，叠加"难"字，不仅音节和鸣，亦使此一"情语"略具始一相见又将相别之情韵。尤以"难"字重叠在前后音步之末顿，形成往复迂回之情势。后来诗人抒写"别""会"，均未能超越。只李煜"别时容易见时难"，写出胸中感慨，然终不如"相见时难别亦难"深情绵邈，曲折回肠。"东风无力百花残"，这二句横插，似显突兀，实为神来之笔。象征其青春、情爱之行将消逝。

三、四亦点化前人诗句。乐府西曲歌："春蚕不应老，昼夜常怀丝（思）。"南齐王融云："思君如明烛，中宵空自煎。"陈后主云："思君如夜烛，垂泪著天明。"然皆未若义山"春蚕到死""蜡炬成灰"来得沉痛执着。出句言"缘尽"，对句言"泪干"，而着眼则在"丝（思）不尽""泪不干"，以抒发虽后会无期，而相思之情永在，离恨之苦难消；除非身死成灰，此情不泯。义山《暮秋独游曲江》云"深知身在情长在"，与此同一意绪，对生离死别寄托深刻之悲哀，而于人生"乐聚恨别"之情愫给予极高评价：为了欢聚，可以用生命去换取。此联为全诗之"秀句"，刘勰所谓"篇中之独拔者也"（《文心雕龙·隐秀》）。

五、六翻过一层，不言己之相思，却从拟想对方落笔，从而进一步抒写自己如梦如幻的绵绵哀情。诗人出现一种梦幻，设想恋人别后思念自己的情景：晨起照镜，愁白了头发；长夜吟诗，难耐孤寂。不言己之相思，却拟想恋人别后对自己之深切思念，正自相反方面拓展深化了“春蚕”“蜡炬”之悲剧色彩。

末联“蓬山”指恋人被迫而须往之可望而不可即之处，当与“更隔蓬山一万重”同一所在，或亦指宫禁、贵主府第。此物理空间之距离。然自心理空间言之，则无论天涯海角，两心皆永是贴近，故云“蓬山此去无多路”。而尤为妙者，在以慰安之辞写心中之苦，言无多路，言当托“青鸟”信使时常探看，皆强抑心中苦楚而为对方着想。故何义门曰：“末路不作绝望语，愈悲！”赵臣瑗云：“镂心刻骨之言。”

无题四首

来是空言去绝踪，月斜楼上五更钟。
梦为远别[①]啼难唤，书被催成墨未浓。
蜡照半笼金翡翠[②]，麝熏微度绣芙蓉[③]。
刘郎已恨蓬山远[④]，更隔蓬山一万重。

飒飒[⑤]东风细雨来，芙蓉塘外有轻雷[⑥]。
金蟾啮锁烧香入[⑦]，玉虎[⑧]牵丝汲井回。
贾氏窥帘韩掾少[⑨]，宓妃留枕魏王才[⑩]。
春心莫共花争发，一寸相思一寸灰。

含情春晼晚[11]，暂见夜阑干[12]。

楼响将登怯，帘烘[13]欲过难。

多羞钗上燕[14]，真愧镜中鸾[15]。

归去横塘晚，华星送宝鞍[16]。

何处哀筝随急管[17]，樱花永巷[18]垂杨岸。

东家老女嫁不售[19]，白日当天三月半。

溧阳公主[20]年十四，清明暖后同墙看。

归来展转到五更，梁间燕子闻长叹。

［注释］

①梦为远别：因远别而积思成梦。为，因。

②"蜡照"句：江淹《翡翠赋》："糅紫金以为色。"金翡翠，以紫金丝线绣成翡翠鸟图案之罗罩。半笼，罗罩掩光之谓。

③"麝熏"句：麝香氤氲，轻轻飘入芙蓉帐中。庾信《灯赋》："掩芙蓉之行帐。"白居易《长恨歌》："芙蓉帐暖度春宵。"

④刘郎蓬山：用刘晨、阮肇入天台山采药遇仙女事，唐人诗中每称刘郎、阮郎。曹唐《刘阮洞中遇仙人》："此生无处访刘郎。"此以刘郎自比。蓬山，传为渤海中之仙山，屡见。此指所思女子之居处。

⑤飒飒：风雨声。

⑥轻雷：《诗·召南·殷其雷》："殷其雷，在南山之阳。"《集

传》:“妇人其以君子从役在外而思念之。”司马相如《长门赋》:“雷殷殷而响起兮,声象君之车音。”何焯曰:“曰‘细’曰‘轻’,盖冀望而终未能必之词。”

⑦“金蟾”句:金蟾,蟾形铜香炉。啮锁,衔着鼻钮。盖鼻钮可启而填入香料,故云“烧香入”。

⑧玉虎:井栏上之辘轳。

⑨“贾氏”句:《世说新语·惑溺》载:韩寿美姿容,贾充辟以为掾。充女于帘内窥而悦之,遂通,赠以异香。后充觉,以女妻寿。

⑩“宓妃”句:用《洛神赋》载宓妃留枕子建事。陆鸣皋曰:“义山用事,大半借意。如‘贾氏’二语,只为一‘少’字‘才’字。”

⑪畹晚:日暮。《楚辞·哀时命》:“白日畹晚其将入兮。”

⑫夜阑干:夜色弥漫。阑干,横斜散乱。《古乐府》:“月没参横,北斗阑干。”

⑬帘烘:刘学锴、余恕诚曰:“帘内人声喧闹,灯光明亮,透出融怡热烈气息。”

⑭钗上燕:《洞冥记》:“元鼎元年,起招仙阁于甘泉宫西。”“以近神女。神女留玉钗以赠帝,帝以赐赵婕妤。至昭帝元凤中,宫人犹见此钗。”“既发匣,有白燕飞升天。后宫人学作此钗,因名玉燕钗,言吉祥也。”

⑮镜中鸾:用范泰《鸾鸟诗序》孤鸾睹影悲鸣事。

⑯“华星”句:华星,明星。曹丕《芙蓉池作》:“丹霞夹明月,华星出云间。”李善注引《法言》曰:“明星皓皓,华藻之力也。”宝鞍,坐骑,自指。

⑰哀筝急管:筝声浏亮,笛音高急。魏文帝《与吴质书》:“高

谈娱心，哀筝顺耳。”王维《鱼山迎送神曲》：“悲急管，思繁弦。”

⑱永巷：深巷。

⑲“东家”句：宋玉《登徒子好色赋》：“臣里之美者，莫若臣东家之子。”《战国策·齐策》：“处女无媒，老且不嫁。舍媒而自炫，敝而不售。”

⑳溧阳公主：梁简文帝女，年十四，侯景纳而嬖之。

［点评］

“来是空言”一首。一、二倒接，言一夜辗转反侧，当此月斜更尽之时，遥想伊人一去无踪，云将复来，只是空言。赵臣瑗曰：“只首句七字，便写尽幽期虽在，良会难成种种情事，真有不觉其望之切而怨之深者。”姚培谦云：“开口便将世间所谓幽期密约之丑尽情扫去。”三句追溯昨夜积思成梦，梦中为伤别而啼哭流泪。四句言急切起身作书，不待墨浓而匆匆写就。五、六翻进一层，拟想伊人永夜罗罩掩光，麝香微度，寂寞自处。七、八言蓬山此去，可望而不可即，岂堪更隔蓬山一万重！比“蓬山”更为遥远之处，似指京华贵主府第。味此诗当亦思恋女冠宋华阳。

“飒飒东风”一首。此首抒情主体乃一女子，应是“代应”“代言”一类，是否代女冠抒寄怀思，无可定矣。一、二糅合巫山云雨、《殷其雷》《长门赋》数事，极言其相思之苦。纪晓岚评：“起二句妙有远神，不可理解而可以意喻。”潘德舆云：“最耐讽玩。”三、四“烧香（相）”“牵丝（思）”，实谐“相思”二字。言金蟾虽啮锁，井水虽深汲，然则“烧香”可入，

"牵丝"可回。言下之意，只需一往情深，志不稍懈，"相思"（香、丝）之情自可动彼之心哉！五、六言我所以相思相许，唯因其如韩寿之年少，子建之才华。七、八又自幻想跌落现实之苦痛：莫让春心如春花之怒放，愈是相思，愈是失落和痛苦。

"含情春晼晚"一首。一、二言含情相思，自日暮至于夜色苍茫。三、四则已至所思女子妆楼之下矣，本拟放胆登楼，然闻楼上响动之声则怯而作罢；稍停欲登，而闻帘内喧哗欢笑之声，又未敢贸然造次。此二句"楼响""帘烘""将登""欲过""怯""难"互文。五、六于楼下怀思拟想，言己不如伊人钗上玉燕，镜中鸾影可伴伊人长住。七、八终于未敢登楼，失意而归，唯华星相伴矣。此男求女，冀望幽会而不可得也。

"何处哀筝"一首。此《无题》寄托显然，东家老女无媒不售，当是自比自伤。前四句寓迟暮不遇之叹。五、六言贵家之女，少小已嫁；同墙相看，则失意者以得意者相形反衬之，更显老女不售之悲哀。七、八言归来辗转长叹，无人知晓，唯梁间燕子知晓也。冯浩极赏誉"白日当天三月半"，云："言迟暮也，神来之句。"

然此等诗亦非不可作恋诗另解。如可解为义山为一"老女"抒慨之"代言体"诗。此"老女"早年或即与之相恋者，则首云何处筝、箫如此哀苦？原来即发自彼处之樱花永巷，垂杨岸边。末则拟想其归去伤感难寐，辗转反侧，唯梁间燕子闻其长叹也。略作疏解如此。至老而未嫁，或亦女冠之流。

此《无题四首》当非一时一处之作，旨意不同，体式不一，故不可作组诗读。意杨文公、钱邓帅若水辈孜孜访求时，有得必录，随手凑合也。

无题

近知名阿侯[①]，住处小江流。

腰细不胜舞，眉长惟是愁[②]。

黄金堪作屋[③]，何不作重楼[④]？

［注释］

①“近知”句：近知，言近得一知己。阿侯，莫愁之女，此指所思之小家女子。江淹《河中之水歌》：“河中之水水东流，洛阳女儿名莫愁。十五嫁为卢家妇，十六生儿字阿侯。”儿，古代男女通用。

②“眉长”句：《后汉书·五行志》记载，桓帝元嘉中，京都妇女作愁眉，细而曲折。

③“黄金”句：用金屋藏娇事。

④重楼：二重之楼，高楼。

［点评］

此首为柳枝作无疑。首句云近得一知己名阿侯其人。

阿侯，莫愁之女，则知此女子为小家碧玉。义山相恋女子中当以柳枝近之。又“近知”云云，似因让山断长带赠以乞诗，初闻其名而未谋面之时。二句言其住处有小江流过，既切“河中之水”，又寓柳枝住地。《柳枝五首序》云：“后三日，邻当去湔裙水上，以博山香待，与郎俱过。”是柳枝家亦临水而居。三、四为拟想之辞，“腰细”拟柳条（柳枝），“眉长”拟柳叶。《离亭赋得折杨柳》云“莫损愁眉与细腰”，喻同。五、六云柳枝深藏少出，何不居重楼而使我一睹芳姿乎！

无题二首

待得郎来月已低，寒暄不道醉如泥[①]。

五更又欲向何处？骑马出门乌夜啼[②]。

户外重阴黯不开，含羞迎夜复临台。

潇湘浪[③]上有烟景，安得好风吹汝来[④]。

［注释］

①醉如泥：《后汉书·朱泽传》：“一日不斋醉如泥。”

②乌夜啼：李白《乌夜啼》：“停梭怅然忆远人，独宿孤房泪如雨。”此似取“独宿”意。

③潇湘浪：冯浩云：“指竹簟，犹云水文簟也。”

④“安得”句:好风,即西南风。《易·坤》:“西南得朋,东北丧朋。”曹植《七哀》:“愿为西南风,长逝入君怀。”义山《无题》云:“斑骓已系垂杨岸,何处西南待好风?”冯浩云:“若曰安得吹来而并宿言情乎?”

[点评]

此二首或作《留赠畏之》,诸家多以为误,当作无题。

一云郎醉归已是深夜,五更又欲离去,令我独宿孤房。二云户外已黯,近夜临台眺望,安得西南好风将汝吹来,水文簟上正好并宿言情!二绝抒情主体均为女子,纯属艳情,别无寄托。纪晓岚曰:“绝妙闺情,声调极似《竹枝》。此种自是艳体,唐人多有,必以义山之故,为之深解,斯注家之陋也。同年董曲江曰:‘义山之诗,寄托固多,然亦有只是艳词者。如《柳枝五首》,设当日不留一序,又何不可作感慨遇合解也。’”

杨智轩云:“上首是去而留宿以候,及入朝时,终不得见;下首是傍晚又往谒也。唯子直之家情事宜然。陶于(大中)十三年(859)始罢相,义山自东川归时必往相见,岂怨恨之深,并其题而削之欤?”按杨解亦聊备一说。

无题二首

昨夜星辰[①]昨夜风，画楼西畔桂堂东。
身无彩凤双飞翼，心有灵犀[②]一点通。
隔座送钩[③]春酒暖，分曹射覆[④]蜡灯红。
嗟余听鼓应官[⑤]去，走马兰台[⑥]类转蓬。

闻道阊门萼绿华[⑦]，昔年相望抵天涯[⑧]。
岂知一夜秦楼客[⑨]，偷看吴王苑内花[⑩]。

［注释］

①星辰：众星。

②灵犀：《南州异物志》："犀有神异，表灵以角。"《汉书·西域传赞》如淳曰："通犀，谓中央色白，通两头。"

③送钩：又称藏钩。钩弋夫人少时手拳，（汉武）帝披其手，得一玉钩，手得展。见《汉武故事》。古酒筵藏钩之戏分上下二曹以校胜负。送钩，云送之使藏也。

④射覆：《汉书·东方朔传》注："于覆器之下置诸物，令暗射之，故云射覆。"射，猜。

⑤听鼓应官：唐制五更二点击鼓，街坊门开，表示天明。应

官，上衔应卯。

⑥走马兰台：走马至秘书省供事。《旧唐书·职官志》："秘书省，龙朔初改为兰台。"

⑦萼绿华：相传为得道仙女，此以比席上所眷恋之女子。

⑧"昔年"句：意谓昔年想望伊人，乃咫尺天涯，难得一见。

⑨秦楼客：用萧史事，显言己之为爱婿身份，则此筵当为茂元家宴也。

⑩"偷看"句：偷看，悄悄看，暗地里看，不可作"偷窃"之"偷"解。《庄子·渔父》"偷拔"，王先谦《集解》引宣颖注："偷拔，谓潜引人心中之欲。"

［点评］

此一律一绝，连为《无题二首》，当是同时所作。兰台，唐人多指代秘书省。白居易《秘书省中忆旧山》云："犹喜兰台非傲吏，归时应免动移文。"李商隐开成三年(838)博学宏词落选后，赴泾源王茂元幕，尚未议婚王氏。故有《安定城楼》之作。未久即释褐秘书省校书郎，还京任职。此诗当作于开成四年(839)春正，初任职秘书省之时。

七律开首言昨夜于画楼西畔、桂堂之东密约幽会。"昨夜"复叠，强调相会时刻之难得。诗以烘染、象征婉曲地表达心中之挚爱。《诗·绸缪》"绸缪束薪，三星在天""今夕何夕，见此邂逅""今夕何夕，见此粲者"。"昨夜星辰"正用《绸缪》篇抒写男女爱恋及夜间邂逅之情景。而"风"又有男女欢会之特定情韵。再足以"画堂""桂堂"字，使此一幽会环境充满温馨之诗情与缠绵之意绪。

二、三两联倒折入之。席间隔座分曹，传钩射覆，言汝于私宅酒暖灯红，好不热闹，而我不能身与其中，徒羡而不可即也。因不与其中，未能与所恋相近而寂寥惆怅；心之执着，愿披双翅飞去，然“身无彩凤双飞翼”也。然真爱仅有“心相通”是抵不过现实分隔之煎熬。故而诗人怅惘、忧思、哀怨……触绪纷来，郁勃于心，最后逼出“嗟余”的一喟。

诗从所见“灯红酒暖”的刺激，引出落寞惆怅之主体感受；从灼烧之爱情的痛苦，升华为热烈执着的追求；从心幻之优美的情思，最后跌落到现实阻隔的忧伤和感喟，各种复杂的感情，抑郁于心，万转千回却又从“昨夜”这一特定之时间切入，曲折流出，节奏虽缓而深沉，足沁人心脾也。

七绝以“秦楼客”自比，可知王茂元已允其婚事。冯浩云：“秦楼客，自谓婿于王氏也。”诗中“吴王苑内花”即西施，以比茂元女。“莫将越客千丝网，网得西施别赠人。”此前诗人病中早访茂元僚婿李十将军时已委婉求其作伐，或因李十之牵线，终成此一段姻缘。因未成婚，故只能“悄悄”看（偷看）。然二月即假李十招国南园成婚，商隐时年二十有八。

无题

万里风波一叶舟，忆归初罢更夷犹①。
碧江地没元相引，黄鹤沙边亦少留②。
益德冤魂③终报主，阿童高义镇横秋④。
人生岂得长无谓⑤，怀古思乡共白头。

［注释］

①“忆归”句：忆归，思归、思乡。初罢，才罢，刚刚撇开。夷犹，犹豫。姚培谦曰：“忆归之心愈欲撇开，愈加萦系。”

②“碧江”二句：地没，地之尽处，指远处水波相接、烟涛微茫之处。《说文段注》：“没者，全入于水，故引申之义训‘尽’。”元相引，原牵引我之归心。二句意谓碧悠之江水本来一直牵引着我的归心，无奈功业未成，只得在黄鹤矶边暂时止驻。

③益德冤魂：张飞字益德，伐吴前为部将张达、范彊所杀，见《三国志·张飞传》。

④“阿童”句：阿童，西晋王濬小字阿童，曾下益州灭吴，故云“高义”。见《晋书·王濬传》。镇，犹长、常也。《唐音癸签》卷二十四：镇，“盖有‘常’之义，约略用之代‘常’字，令声俊耳”。孔稚珪《北山移文》：“霜气横秋。”镇横秋，长日布满秋空。

⑤无谓：本指无意义，失于事宜，此言无所事事。

［点评］

李商隐《无题》，不论有无寄托，都写男女相思，唯独此例外。纪晓岚以为“佚去原题，而编录者题以《无题》，非他寓言之类”。

大中二年（848）秋，商隐蜀游失意，于“夜雨寄北”之后，留滞荆门，然后返棹至“黄鹤矶边”，诗殆作于武昌。

首句赋而兼比，言自巴蜀买舟东下，又以比宦途风浪险恶。二句言“忆归之心，愈欲撇开，愈加萦系”（姚培谦笺）。初罢，是忆归之心“初罢”，刚刚丢开、停止；更夷犹，却又犹豫而恨未能速速返家，比照“何当共剪西窗烛”，则此情可体味之。稍后所作《荆门西下》云“人生岂得轻离别”，是又重申此情怀。三、四承忆旧，申足所以“夷犹”之意，并伏末句“思乡”。五、六承二句“罢”，申足所以“罢归”之意，并逗下“怀古”。七、八自警：人生不能长此碌碌，又“思乡”，又“怀古”，岂不令人速老？纪晓岚评云：“前四句低回徐引，五、六陡然振起，七、八曼声作结，绝好笔意。”

一片

一片非烟隔九枝[1]，蓬峦仙仗俨云旗[2]。

天泉[3]水暖龙吟细，露畹[4]春多凤舞迟。

榆荚散来星斗转[5]，桂华[6]寻去月轮移。

人间桑海朝朝变，莫遣佳期更后期。

［注释］

①“一片”句：《瑞应图》：“非气非烟，五色细缊，谓之庆云。”九枝，一干九枝之花灯。王筠《灯檠》诗：“百花燃九枝。”此写仙境灯花艳燃如祥云之笼罩。

②“蓬峦”句：仙仗，天子仪仗。岑参《和贾至早朝大明宫》：“玉阶仙仗拥千官。”此指仙宫之仪仗。俨，俨然整肃。《论语·子张》：“望之俨然。”《离骚》：“载云旗之委蛇。”王逸注：“载云为旗也，一曰其高至云，故曰云旗。”

③天泉：《邺中记》：“天泉池，通御沟中。”

④畹：《离骚》：“余既滋兰于九畹兮。”注：“十二亩为畹。”或云田三十亩为畹。

⑤“榆荚”句：《春秋运斗篇》：“玉衡星散为榆。”意谓斗转星移。与下句“寻去”对举，言时光迅速，起下“朝朝变”。

⑥桂华：谓月中桂树。

［点评］

首二言一片庆云瑞气与九枝华灯相映，“蓬峦仙境”，云旗仙仗，俨然整肃。此喻指灵都观一道事喜庆场面，玉阳山男女道士当皆与其事。三、四龙自比，凤比宋。“龙吟细”，言道场相见，众目睽睽，未敢纵恣多语。“凤舞迟”，迟，缓也；言因满堂美人，宋亦唯眉目传情，所谓“目成”而已。玉衡星散为榆，桂华为月，则五、六言月转星移，时光流逝。七、八劝慰之辞：人间事沧海桑田，变化莫测，时不我待，莫使佳期滞误而错失良机也。

无题二首

长眉画了绣帘开，碧玉行收白玉台①。
为问翠钗钗上凤，不知香颈为谁回？

寿阳公主嫁时妆②，八字宫眉捧额黄③。
见我佯羞频照影④，不知身属冶游⑤郎。

［注释］

①“碧玉”句：南朝宋汝南王妾名碧玉，唐乔知之婢亦名碧玉。《碧玉歌》云“碧玉小家女”。白玉台，即玉镜台。

②“寿阳”句：《杂五行书》记载，宋武帝女寿阳公主，人日卧于含章殿檐下，梅花落额上，拂之不去……宫女奇其异，竟效之，今梅花妆是也。

③“八字”句：八字宫眉，即八字形之眉。《妆台记》：“汉武帝宫人八字眉。”张萧远《送宫人入道》：“玉指休匀八字眉。”额黄，涂黄于额，六朝时妇女习尚，唐仍盛行。《骈雅》：“额黄，眉边饰也。”

④照影：照镜，含有顾影自怜意。古词《捉搦歌》：“可怜女子能照影，不见其余但斜领。”

⑤冶游：寻觅艳侣。《子夜春歌》：“冶游步春露，艳觅同心郎。”后引申指狎妓。此似义山与“碧玉小家女”戏谑之辞，未必狎妓之作也。

［点评］

“碧玉小家女”，南朝宋汝南王妾名碧玉，唐乔知之婢亦名碧玉。据此，诗中所咏女子或为侍婢，或为小家女，义山戏谑之作也。然作妓女解，亦通。要之，艳情之诗，别无寄托。

上首言“碧玉”长眉画了，掀开绣帘，将要收起玉镜晨妆之台。“为问”之人，应是二首中之“我”，不言问“碧玉”，而问其翠钗上之凤凰将香颈转动所侍者谁？姚培谦曰：“不问之人，而问之钗上凤，妙绝！”以钗上凤香颈频回，写其顾影自怜之态，故妙。

下首一、二言其梅花妆，鸳鸯眉，美其装饰。三句云频频照镜，见我而佯羞，女郎娇嗔憨爱之态可掬。末句以己为“冶游郎”，纯为戏谑之辞，或戏侍婢，或戏一小家碧玉之女郎。考玉溪诗,可称“小家碧玉”者唯柳枝一人。《柳枝五首》其三云:“嘉瓜引蔓长,碧玉冰寒浆。”嘉瓜、碧玉,前喻柳枝,后暗示其为小家女。故此二首亦不妨看作赠柳谑柳之什。

锦瑟

锦瑟无端五十弦[①],一弦一柱思华年[②]。
庄生晓梦迷蝴蝶[③],望帝春心托杜鹃[④]。
沧海月明珠有泪,蓝田日暖玉生烟[⑤]。
此情可待[⑥]成追忆,只是[⑦]当时已惘然。

[注释]

①“锦瑟”句:瑟为古代弦乐器,瑟上绘纹如锦,故称锦瑟。无端,无来由,平白无故。相传上古瑟五十弦,唐世仅二十五弦。

②“一弦”句:柱,支弦小柱,一弦以一柱支之。思,追想,忆念。华年,盛年,年轻之美好时日。

③“庄生”句:《庄子·齐物论》记载,昔者庄周梦为胡蝶,栩栩然胡蝶也;自喻适志与!不知周也。俄然觉,则蘧蘧然周也。不知周之梦为胡蝶与,胡蝶之梦为周与?周与胡蝶则必有分矣。此之谓物化。诗句取妻子“物化”之义。

④"望帝"句:望帝,周末蜀地国君。《说文解字·隹部》记载,蜀王望帝淫其相妻,惭,亡去,为子鹃鸟,故蜀人闻子鹃鸣,皆起云望帝。《蜀王本纪》记载,望帝使鳖灵治水,与其妻通,惭愧,且以德薄,不及鳖灵,乃委国授之。望帝去时,子规方鸣,故蜀人悲子规鸣而思望帝。《成都记》记载,望帝死,其魂化为鸟,名曰杜鹃,亦曰子规。春心,此谓爱恋相思之情。言己于亡妻之思忆至死不渝,有如望帝,即便化为杜鹃,亦终日夜哀鸣。

⑤"沧海"句:《博物志》:"南海外有鲛人,水居如鱼,不废绩织,其眼泣则能出珠。"又云:鲛人"从水出,寓人家,积日卖绡。将去,从主人索一器,泣而成珠,满盘而与主人"。"蓝田"句:蓝田,山名,其山产玉,故又名玉山,在今陕西省蓝田县。相传伏羲氏母华胥氏陵墓即在此山。唐代士宦及女眷多埋葬此山,如郑亚归葬即在玉山,义山迎吊诗云:"此时丹旐玉山西。"意王氏坟即在蓝田。玉生烟,用《搜神记》吴王小女化烟典故:玉云:"昔诸生韩重来求玉,大王不许。重从远来,闻玉已死,故赍牲币,诣冢吊唁。感其笃终,辄与相见,因以珠遗之,不为发冢,愿勿推究。"夫人闻之,出而抱之,玉如烟然。

⑥可待:岂待。

⑦只是:犹即在、即便意。

[点评]

此诗解人最多,聚讼最繁,自宋至于清末,大别有十种解读:以锦瑟为令狐楚家青衣(婢女),义山爱恋之而未遂,是为"情诗"说;以中二联分咏瑟曲之适、怨、清、和,是为"咏瑟”说；以为锦瑟乃王氏生前喜弹之物，诗以锦瑟起兴，睹瑟思人，是为“悼亡”说；以为诗忆华年，回叙一生沉沦，是为“自伤”说。又有“诗序”说，“伤唐祚”说，“陈情令狐”说，“情场忏悔”说，“党争寄托”说，“无可解”说，等等。

近百年异说纷争，渐趋为二，即“自伤”与“悼亡”二说。然言自伤者，以为兼有悼亡之情在；言悼亡者，亦以为兼有自伤身世之感。笔者以为《锦瑟》当是悼亡之作，然身世之感在焉。

首句以锦瑟起兴，言瑟仅二十五弦，何以无端而断为五十？古以琴瑟调和喻夫妇和谐，故称丧妻为断弦。朱彝尊以为《锦瑟》亦“睹物思人，因而托物起兴”之作。二句言望锦瑟一弦一柱而思忆青春年华之事。

中四句则所思华年之往事。三句云己如庄生晓梦，为蝴蝶所迷，比况年轻时挚恋于王氏，而于今人事变幻，妻子竟已亡故。三句取蝶梦“物化”，正取妻逝之义。四句取义杜鹃啼血，言己思忆亡妻，即便化为鹃鸟，亦将日夜哀鸣，此亦“春蚕到死丝方尽”之意。

五、六“月明”“日暖”互文，言沧海之中妻子亡魂日夜哭泣，祈求添寿回阳与丈夫、儿女相见；蓝田山上王氏的灵魂在日月精气之下，氤氲如小玉化烟，再无处寻觅妻子之玉魂。

末联言此情岂待今日追忆始伤心哀感，即在初婚欢会之时已预拟夫妇终有一人先逝而觉人生若梦，惘然若失矣。

诗虽为悼亡而发，然亦寓身世沦落之感，所谓“悼亡之痛，身世之感，斥外之哀，触绪纷来”也。

日 射

日射纱窗风撼扉，香罗拭手[1]春事违。

回廊四合掩寂寞，碧鹦鹉对红蔷薇。

［注释］

①香罗拭手：《礼记·内则》："盥卒授巾。"注曰："巾以帨手。"屈复云："袖手空过一春也。"

［点评］

此代深闺女子抒寂寞怀春之情。一、二极写深闺之寂寞无聊景况。房外日照风撼，见窗门紧闭；室内香罗拭手，见其无所事事，此皆因"春事违"也。三句自闺中扩延至回廊，言回廊亦四面围合，而所掩唯一腔寂寞而已。寂寞，双关。末句绝妙，以艳景写凄清之情。不唯碧鸟对红薇，我亦与碧鸟红薇相对也。

此闺怨诗，别无寄托。陆鸣皋曰："此闺词也。花鸟相对间，有伤情人在内。"纪晓岚云："佳在竟住，情景可思。"

当句有对[①]

密迩平阳接上兰[②]，秦楼鸳瓦汉宫盘[③]。
池光不定花光乱，日气初涵露气干。
但觉游蜂饶[④]舞蝶，岂知孤凤忆离鸾[⑤]。
三星自转三山远[⑥]，紫府[⑦]程遥碧落宽。

［注释］

①当句有对：何焯曰："每句中有对，所谓当句对格也。"钱锺书曰："此体创于少陵，而定名于义山。"程梦星曰："题只以诗格而言，盖即无题之义。"

②"密迩"句：平阳，指平阳公主第。《汉书·外戚传》记载，孝景王皇后长女，为平阳公主。又《卫青传》记载，平阳侯曹寿，尚武帝姊阳信长公主。《西京赋》师古注："上兰，观名，在上林（苑）中。"密迩，邻接，紧靠。

③"秦楼"句：秦楼用萧史、弄玉事。《邺中记》："邺都铜雀台皆鸳鸯瓦。"白居易《长恨歌》："鸳鸯瓦冷霜花重。"鸳鸯瓦，一上一下两片嵌合共抱之瓦。汉宫盘，即武帝承露盘。

④饶：怜、怜惜。白居易《喜小楼西新柳抽条》："为报金堤千万树，饶伊未敢苦争春。"

⑤孤凤离鸾：孤凤，失偶之凤；离鸾，离偶之鸾。

⑥“三星”句:三星,《诗·唐风·绸缪》:“绸缪束薪,三星在天。”传:“三星,参也;三星在天,可以嫁娶矣。”三山,海上蓬莱、方丈、瀛洲三神山,仙人所居。

⑦紫府:《十洲记》:“青丘紫府宫,天真仙女游于此地。”紫府,仙府也,喻指道观。

[点评]

此亦无题。据“紫府”字,亦咏女冠诗。平阳,贵主第;上兰,观名。言其所居与公主宅第、上林道观紧接,暗示其人为贵主侍女之入道者,当指华阳宋氏。二句言其虽随贵主入道求仙(汉宫盘),实愿效俗世之鸳鸯双栖(鸳瓦)。妙在以宫室之壮丽暗示其身份及恋情。三句“池光不定”,即玉池神光闪烁离合;“花光乱”,花影摇晃纷披,暗示夜合交欢。四句日气露气云云,言自夜至晓,日气初涵,雨露已晞,暗示晓珠初临而云雨会毕,不得不离。此妙在以道观景色暗示其两情之相谐。五、六蜂、蝶,鸾、凤错举互文,蜂、鸾自喻;蝶、凤比宋。五句言夜来我自对伊怜惜有加,六句言岂料天明离去,伊人如孤凤之忆我也。商隐诗龙、凤对举,则龙自喻,而凤喻宋。若鸾、凤对举,则鸾喻男子或自喻,而凤喻女子,或喻所恋,后亦以喻妻子,此集中屡见。七、八言参星自转,参商两隔,而紫府、三山,天宽海阔,何日而再得相见?紫府、三山均指女冠宋华阳所居玉阳西峰灵都观。

嫦　娥

云母屏风[①]烛影深，长河[②]渐落晓星沉。

嫦娥应悔偷灵药[③]，碧海青天夜夜心。

［注释］

①云母屏风：云母装饰之屏风，房中贵重陈列品。云母，硅酸盐矿石，质地柔韧，色泽鲜艳透明，常切割成薄片以装饰屏风、窗户等。

②长河：银河。

③偷灵药：《淮南子·览冥训》："羿请不死之药于西王母，姮娥窃以奔月。"高诱注："姮娥，羿妻。羿请不死之药于西王母，未及服之，姮娥盗食之；得仙，奔入月中，为月精。"

［点评］

此咏所思之女冠。屈复云："嫦娥指所思之人也，作真指嫦娥，痴人说梦。"一、二言难耐孤寂，长夜不眠。三句始点此不眠者乃嫦娥，反接并申述不眠之由：悔偷灵药。《月夜重寄宋华阳姊妹》云："偷桃窃药事难兼，十二城中锁彩蟾。""偷桃"，用东方朔事，喻男女欢情，所谓"偷香窃玉"也。"窃药"，用嫦娥事，喻入道求仙。"应悔偷灵药"，即应悔入道求仙。"彩蟾"，月中蟾蜍，与嫦娥同指代月；彩蟾被锁，亦即"碧海青天"之谓。诗仍当为宋华阳而发。

刘学锴解此诗甚为通达,录以备考。刘云:"嫦娥窃药奔月,远离尘嚣,高居琼楼玉宇,虽极高洁清净,然夜夜碧海青天,清冷寂寥之情固难排遣;此与女冠之学道慕仙、追求清真而又不耐孤孑,与诗人之蔑弃庸俗、向往高洁而陷于身心孤寂之境均极相似,连类而及,原颇自然。故嫦娥、女冠、诗人,实三位而一体,境类而心通。"形象大于思想,艺术形象蕴含之丰富性,常以其同构对应之关系,而可亦此亦彼。如"夕阳无限好,只是近黄昏",可喻头颅老大,抒迟暮之感;可解为哀唐祚之衰,如日薄西山,如此,等等。

春　雨

帐卧新春白夹衣①,白门②寥落意多违。

红楼隔雨相望冷,珠箔③飘灯独自归。

远路应悲春晼晚④,残宵犹得梦依稀。

玉珰缄札⑤何由达,万里云罗⑥一雁飞。

[注释]

①白夹衣:唐时举子未仕时所著,亦用作便服。

②白门:城门。此取"白门杨柳"之意,指男女游春欢会之处。

③珠箔:珠帘。

④畹晚:日暮。

⑤玉珰缄札:玉珰,耳珠。古人常以玉珰为男女定情信物,于书札中缄以附寄。

⑥云罗:阴云密布如张网罗。

[点评]

此诗为春雨中旧地重游,访昔日所恋女子不遇而惆怅抒怀之作。一言新春怅卧。二言因怅卧而思往昔与所思于白门杨柳之处相约欢会情景。三言思之不足则趁夜访之,然红楼隔雨,一片凄冷。四言所思之人不遇,于雨帘中怏怏而归。五言其人或早已远去,应悲丽日青春之将逝,此亦翻过一层,自对面落笔。六言还至下处,唯残宵梦中或可依稀一见。七言有玉珰缄札,亦不知寄往何方?八翘望无际,万里阴云,唯一雁孤飞。落句以景结情,极篇终混茫之致。

"红楼"一联,唐诗名句。红楼而望冷,眼前暖景与心中凄苦互相映衬;隔雨与珠箔之喻象,雨帘中朦胧飘灯,于梦雨中还路独归,其两情阻隔,心绪渺茫可隐然感触。

恋情诗

芭蕉不展丁香结

鸳　鸯

雌去雄飞万里天，云罗[1]满眼泪潸然。

不须长结风波愿，锁向金笼始两全。

［注释］

①云罗：网罗似云。鲍照《舞鹤赋》："厌江海而游泽，掩云罗而见羁。"

［点评］

鸳鸯雌雄相守。崔豹《古今注》："鸳鸯，水鸟，凫类也。雌雄未尝相离，人得其一，则一思而死，故曰匹鸟。"今雌去雄飞，云罗满眼，世路风波，岂能两全！三、四"不须"反言之，犹可伤，云不须寄重逢于风波险恶之时，除非锁向金笼，始能朝暮相对。屈复曰："锁向金笼，本所不愿，然与其结愿于风波之中，不如两全于金笼耳。无可奈何之词。"

据"风波"字，似为柳枝而发，然无可证实。

莫　愁

雪中梅下与谁期，梅雪相兼一万枝。

若是石城无艇子[1]，莫愁还自有愁时。

［注释］

①莫愁艇子：乐府古词："莫愁在何处？莫愁石城西。艇子打两桨，催送莫愁来。"

［点评］

此怀所思女子而焦急待之。一、二言已于雪中梅下待其来，然搔首踟蹰，望中唯万枝梅雪，所思之人竟未至也。三、四拟想伊人盖无艇子可送，正自愁思，从对面落笔，亦翻过一层意。所思何人，无可定也。味《又效江南曲》，似亦柳枝。

花下醉

寻芳不觉醉流霞①,倚树沉眠日已斜。

客散酒醒深夜后,更持红烛赏残花。

[注释]

①流霞:传说中之仙酒。《论衡·道虚》记载,口饥欲食,仙人辄饮我以流霞一杯;每饮一杯,数月不饥。此代指酒。

[点评]

此可作赏花、爱花读,亦可作艳诗读。“芳”“花”于古均有喻义。“寻芳”,可作寻游赏花解,姚合《游阳河岸》:“寻芳愁路尽,逢景畏人多。”“寻芳”亦喻寻觅艳侣,芳喻美女。杜牧《叹花》云:“自是寻芳去较迟,不须惆怅怨芳时。狂风落尽深红色,绿叶成阴子满枝。”而“花”亦可喻美女。白居易《霓裳羽衣歌》:“娇花巧笑久寂寥,馆娃苧萝空处所。”甚至可喻妓女,如《武林旧事》:“平康诸坊…… 皆群花所聚之地。”俗谓“花街柳巷”“寻花问柳”云。

一言出游寻芳,为花艳所陶醉,“流霞”,双关。二言因为花所醉于日暮苍茫时而倚树沉眠。三言沉眠至深夜酒醒,而客已散去。四言花兴未减,虽花已残,仍于夜深时又秉烛独赏之也。

此诗向有二解。作爱花解者如姚培谦，姚曰："是爱花极致。"作艳诗解者如冯浩，冯云："最有韵，亦复最无聊。"林昌彝《谢鹰楼诗话》云："天下爱才慕色者果能如是耶?"

然此即作艳诗解，亦未可言其"无聊"。马位《秋窗随笔》称此作"有雅人深致"，是即文士大夫之"以俗为雅"也。

赠歌伎[①] 二首

水精如意玉连环[②]，下蔡城危莫破颜[③]。

红绽樱桃含白雪[④]，断肠声里唱阳关[⑤]。

白日相思可奈何，严城清夜断经过[⑥]。

只知解道[⑦]春来瘦，不道[⑧]春来独自多。

［注释］

①歌伎：歌女。《旧唐书·职官志》："凡三品以上，得备女乐。五品女乐不得过三人。"

②"水精"句：如意，古搔杖名，为搔背痒之具，以其搔痒可如人意故名，亦作指划、防身用；多以玉石、水精为之，长一、二尺。此指歌女手中以水精如意作拍板应歌。玉连环，以玉制成之连环，又称连环套，环环相连。

③"下蔡"句：《登徒子好色赋》："嫣然一笑，惑阳城，迷下

蔡。”破颜，指笑。白居易《天寒晚起》诗：“相思莫忘樱桃会，一放狂歌一破颜。”

④樱桃白雪：樱桃喻口。白雪双关：一喻齿牙之白；一指《阳春白雪》之曲。

⑤唱阳关：即唱《渭城曲》。王维《渭城曲》有“西出阳关无故人”句，曲亦名《阳关三叠》。

⑥“严城”句：古时城内临夜即戒严，时绝断行人，故云“清夜断经过”。《正字通》：“严，又戒也。昏鼓曰夜严：槌一鼓曰一严；二鼓为二严；三鼓为三严。”

⑦解道：会说。

⑧不道：犹云不知。

［点评］

据“唱《阳关》”，当是离筵赠妓之作。

首章一句赋、比、兴、相兼也，言此歌女以如意和连环按拍而歌，又言其如水晶，如玉之纯，绝无瑕玷，又以兴其歌喉圆润，连声婉转，真绝妙起句。二句称美其艳色，若嫣然一笑则迷下蔡矣，今下蔡已城危，倩莫破颜而笑，何等婉曲！若直言其美，则为呆句死句。故何义门评二句云：“隽妙。”三、四言其离筵清歌，樱桃小口，洁齿如雪，其所唱《阳关曲》，令人闻之肠断矣。

次章一、二云白日相思，情已无奈，严城清夜，断难相聚，意日暮思之，亦戏赠之辞。三、四言只知道我春思难耐，日消一日，不知伤春，相思之情，唯我独多也！

代赠二首

楼上黄昏欲望休[①]，玉梯横绝月中钩[②]。
芭蕉不展丁香结[③]，同向春风各自愁。

东南日出照高楼[④]，楼上离人唱石州[⑤]。
总把春山扫眉黛，不知供得几多愁[⑥]？

［注释］

①欲望休：欲望还休之意。

②“玉梯”句：李白《菩萨蛮》：“玉梯空伫立，宿鸟归飞急。”横绝，玉梯高接层楼：绝，极，引申为高。月中钩，一作“月如钩”，言座上玉梯，唯见天边弦月如钩。

③“芭蕉”句：芭蕉不展，言蕉心紧裹。张说《戏题草树》诗：“戏问巴蕉叶，何愁心不开。”杜甫《丁香》：“丁香体柔弱，乱结枝犹坠。”《本草》云：丁香子“如钉子”缄合不坼，故每以喻固结不解之意。

④“东南”句：《陌上桑》：“日出东南隅，照我秦氏楼。”

⑤唱石州：《石州》，乐府商调曲。乐府载其词，乃戍妇思夫之作。

⑥“总把”二句：总，犹纵也。杜甫《酬郭十五判官》：“药裹关

心诗总废,花枝照眼句还成。"总把,纵把。春山,喻指眉毛。《西京杂记》:"文君姣好,眉色如望远山。"

［点评］

此代友人赠所思之作,两首全以对面写来,拟想所思女子日暮愁思情景。

首章一、二言所思之女子于楼上黄昏时欲望还休,登上玉梯远眺,唯见天际弦月如钩。"月如钩",是弦月不圆,寄寓所盼不归。三、四言蕉心紧裹,丁香固结,即景为喻,二人同时异地,同向春风,各自含愁。春有寓意,所谓春风吹人,春情萌发也。此暝暮相思。

次章白日相思。一、二言拟想所思女子高楼日照,唯于楼中唱《石州》离曲。冯注引《乐苑》云,有"终日罗帏独自眠"句。按郭茂倩《乐府解题》为戍妇思夫之作,诗盖取罗帏独眠、征妇思夫意。三、四言眉蹙凝愁,纵画眉黛,难扫愁思。姚培谦曰:"一寸眉尖,乃载得尔许愁起。"可谓善解。按"供",设置,安放义。班固《东都赋》:"尔乃盛礼兴乐,供帐乎云龙之庭。"供帐,陈设、安放帷帐。"不知供得许多愁",不知小小眉黛能安放下多少愁思也。

二诗前人极称赏,杨万里以为首章"四句全好",纪晓岚以为此二首乃"艳诗之有情致者,第二首更胜"。

板桥晓别①

回望高城落晓河②，长亭窗户压微波。

水仙欲上鲤鱼去③，一夜芙蓉红泪多④。

［注释］

①板桥：在梁苑城西三十里，今开封西。

②高城：汴城，今开封。

③"水仙"句：据《列仙传》载，赵人琴高"入涿水中取龙子，与诸弟子期曰：'明日皆洁斋候于水旁。'果乘赤鲤来。留月余，复入水去"。水仙，自喻；鲤鱼，喻舟。

④"一夜"句：《拾遗记》记载，魏文帝美人薛灵芸，常山人也。……别父母，升车就路，以玉唾壶承泪，壶则红色。……及至京师，壶中泪凝如血。芙蓉，以比女子之容颜。《长恨歌》："芙蓉如面柳如眉。"

［点评］

白居易《板桥路》云："梁苑城西二十里，一渠春水柳千条。若为此路今重过，十五年前旧板桥。曾共玉颜桥上别，恨无消息到今朝。"此即程梦星所云香山"淡荡"之诗。合参二诗，商隐《板桥晓别》大胜白傅。首句造型抒情，以"回望高城"（频频回首）抒无限依依。次句"长亭"即景，点"别"。

临窗伤别，而两心沉沉，重“压”微波，亦“载不动许多愁”意。三句“水仙”自喻，“鲤鱼”喻舟。“欲上”云“我今去也”，一平常语，经神话仙话点染，即具朦胧之致。四句翻进一层，不言我之依依，而云彼昨夜即泪流横颐，以见伤别之情自夜至晓，使我不能忘怀而频频回首也。纪晓岚以为“笑裙裾脂粉之横填”，似不确，诗中无调笑语，也无调笑之情。

刘禹锡之板桥诗（《杨柳枝》），实是点窜白诗而成。诗云：“春江一曲柳千条，二十年前旧板桥。曾与美人桥上别，恨无消息到今朝。”虽前人誉为“神品”（胡应麟《诗薮》），实亦不及商隐《晓别》之含蓄蕴藉，有情致。

妓席暗记送同年独孤云[①]之武昌

叠嶂千重叫恨猿，长江万里洗离魂。

武昌若有山头石[②]，为拂苍苔检泪痕。

［注释］

①独孤云：字公远，开成二年（837）进士，李商隐同年，官至吏部侍郎。

②山头石：即望夫石。《幽明录》卷六记载，武昌阳新县北山上望夫石，状若人立，相传昔有贞妇，其夫从役，远赴国难；女携弱子，饯送此山，立望夫而化为立石，因以为名焉。

[点评]

余臆此怀柳枝之作。题中“妓席暗记”，冯浩以为“以妓席晦其迹”。大中七年（853），柳仲郢行春，于乐营置酒，商隐“剧卧漳滨，愁绪如麻”，托病未与其会，作《病中闻河东公乐营置酒口占寄上》云：“缘忧武昌柳，遂忆洛阳花。”此“武昌柳”乃喻指洛中里娘柳枝。意柳枝为东诸侯娶往武昌后又沦入风尘。一生未能忘怀。诗晦去其迹，借妓席饯送独孤云，寄言独孤寻觅之。

一、二言送独孤云，言独孤顺江东下武昌，峡中恨猿哀鸣，当倍加伤情。三、四言独孤至武昌，若寻得柳枝，则为我拂去伊脸上苍苔、眼中泪痕，以慰我怀思、疚负之意。柳枝为义山第一知己，“山头望夫”云云，非柳枝莫属。冯浩云：“词意沉痛，非徒感闲情也。”

代魏宫私赠[①]

来时西馆[②]阻佳期，去后漳河[③]隔梦思。

知有宓妃[④]无限意，春松秋菊可同时？

[注释]

①代魏宫私赠：魏官，指文帝甄后官人。私赠，暗赠，赠鄄城王曹植。诗题下义山自注云：“黄初三年，又隔存殁，追代其

意，何必同时，亦广《子夜》鬼歌之流变。”

②西馆:《三国志·陈思王传》记载，四年来朝，帝责之，置西馆，未许朝，上《责躬》诗。

③漳河:《水经注》记载，魏武引漳流自城西东入，经铜雀台下。

④宓妃:伏羲氏女，溺死洛水，遂为洛水女神。曹植有《洛神赋》。此指甄后。按宓音伏。

［点评］

此代甄后宫人私赠子建，下首代元城吴质暗答甄后宫人，二首当连观合读，始可意会。

一言子建至洛，被文帝置于西馆未许朝见，故未能觌面，佳期受阻。二言子建去后，漳水阻隔，梦思难越。二句极言甄后之情系子建。故三句紧接君王当知后之无限情意。四云今甄后逝矣，二人如春松、秋菊，然情之所钟，可通天地，虽已隔存殁，亦岂必同时乎？

甄后、子建情事，纯属后人臆造。义山不过借此问答以明己意，详见《代元城吴令暗为答》。

残花

残花啼露莫留春[①]，尖发谁非怨别人[②]。

若但掩关[③]劳独梦，宝钗何日不生尘[④]。

[注释]

①莫留春：无计留春住。宋迪《龙池春草》诗："幽姿偏占暮，芳意欲留春。"

②"尖发"句：尖发，高髻，以比女子。怨别，因别离而悲伤。白居易《乌赠鹤》诗："我每夜啼君怨别，玉徽琴里忝同声。"

③掩关：掩门，闭门。《说文》："关，以木横持门户也。"此指门。

④宝钗生尘：秦嘉《与妇徐淑书》："今致宝钗一双，价值千金，可以耀首。"淑答曰："未奉光仪，则宝钗不设。"

[点评]

此残花之喻，难以遽定。一义残尽、垂尽之花。庾信《和宇文内史重阳阁诗》："旧兰憔悴长，残花烂漫舒。"杜甫《送辛员外》："细草留连侵夜软，残花怅望近人开。"又一似为残花败柳之义，则当喻指冶叶娼条，如《西厢记》云"休猜做败柳残花"。即取一义，似亦冶游之作。

一、二言残花啼露，又何补于青春之消逝，所谓"无计留春住”也；世间但凡弱女子，谁个不是悲伤怨别之人？三、四言从反面进一步宽解之：若果只是闭门独思，则宝钗定然为尘垢所蒙，更莫留春矣！姚培谦笺：“此深一层意，言若掩关独处，纵使未残，不啻已残也。”

燕台诗四首①（其一）

风光冉冉东西陌，几日娇魂寻不得②。

蜜房羽客类芳心③，冶叶倡条遍相识④。

暖霭辉迟桃树西，高鬟立共桃鬟齐⑤。

雄龙雌凤杳何许，絮乱丝繁天亦迷⑥。

醉起微阳若初曙⑦，映帘梦断闻残语⑧。

愁将铁网罥珊瑚，海阔天翻迷处所⑨。

衣带无情有宽窄⑩，春烟自碧秋霜白⑪。

研丹擘石天不知⑫，愿得天牢锁冤魂⑬。

夹罗委箧单绡起⑭，香肌冷衬琤琤珮。

今日东风自不胜，化作幽光入西海⑮。

［注释］

①燕台：战国时燕昭王建黄金台以招纳贤才，俗称燕台。冯

浩曰:“燕台,唐人惯以言使府。”四首,题分春、夏、秋、冬,本首为《春》。诗中所咏女子或即使府家歌舞女之属。

②“几日”句:言所思女子魂去不知所之。

③“蜜房”句:蜜房,蜂房。羽客,神话传说中的飞仙,此指蜜蜂。郭璞《蜂赋》:“亦托名于羽族。”意谓己之芳心似蜂房之蜜蜂。刘学锴曰:“羽客虽指蜂,似亦兼寓己为道流。”

④“冶叶”句:野叶倡条,犹言野草闲花。意谓冶叶倡条,遍皆相识,言下唯心中所思伊人之芳踪娇魂寻觅不得。

⑤“暖霭”二句:暖霭,春日烟霭和暖。高鬟,高髻云鬟,指所思之女子。桃鬟,桃花繁茂如云鬟。二句意谓在暖霭辉迟之日,诗人与所思之女子在桃树之西相会,高鬟与桃鬟相辉映。

⑥“雄龙”二句:雄龙自比,雌凤喻所思。杳何许,何许杳渺遥远!絮乱丝繁,极言愁绪之纷乱,天若有情,亦当迷矣。

⑦微阳:夕阳。杜牧《题齐安城楼》:“微阳潋滟落寒汀。”

⑧闻残语:言梦醒后朦胧中似闻其声。

⑨“愁将”二句:《本草》记载,珊瑚似玉,红润,生海底盘石上。一岁黄,三岁赤。海人先作铁网沉水底,贯中而生,绞网出之,失时不取则腐。刘学锴曰:二句“喻入海升天,殷勤寻觅”。

⑩“衣带”句:《古诗》:“相去日已远,衣带日已缓。”

⑪“春烟”句:朱彝尊曰:“景自韶丽,心自悲凉。”

⑫“研丹”句:《吕氏春秋》有言,石可破也,而不可夺坚;丹可磨也,而不可夺赤。言己情如丹石之赤诚坚定,而天却不已知也。

⑬“愿得”句:《晋书·天文志》载,天牢六星在北斗魁下,贵人之牢也。冤魂,指所思之女子,即前云“娇魂”。

⑭“夹罗”二句：言夹罗之衣已委箱箧而始着单绡之服，正自春徂夏之时，盖遥想伊人之香肌冷衬琤珮，何等凄苦寂寞！

⑮西海：南海。意伊人流落南荒海隅，故愿化作幽光至南海追寻之也。

［点评］

冯浩以为《燕台诗》为商隐“学仙玉阳东”时，有所恋于女冠之作，似不确。观唐人每以燕台代使府可证。

柳枝曾称赏此诗，可见诗当作于与柳相识之前，大约二十岁左右。考李商隐大和三年至六年（829—832），十八至二十一岁时曾入郓州令狐楚天平幕为巡官，其所恋女子或即令狐家歌伎舞女之属，然未可坐实。

朱彝尊云：“语艳意深，人所晓也。以句求之，十得八九；以篇求之，终难了然。”冯定远云：“此等语不解亦佳，如见西施，不必识姓名而后知其美。”

深知身在情长在

婚情、悼亡诗

寄恼韩同年二首①

时韩住萧洞②

帘外辛夷定已开③,开时莫放艳阳回④。
年华若到经风雨,便是胡僧话劫灰⑤。

龙山晴雪凤楼霞⑥,洞里迷人有几家⑦。
我为伤春心自醉,不劳君劝石榴花⑧。

[注释]

①寄恼:恼,事物扰心。寄恼,寄"伤春"之心。韩同年,韩瞻,与义山同年登第,亦王茂元婿。韩议婚先成,娶茂元妻李氏出长女,义山后娶其次女。

②萧洞:用萧史、弄玉事,即凤台,借代新婚洞房。

③辛夷:迎春花。《群芳谱》引《本草》云:"其苞初生如荑,而味辛也。""初发如笔头,北人呼为木笔;其花最早,南人呼为迎春。"

④艳阳:艳丽明媚,多指春日。

⑤劫灰:佛家语,谓天地大劫,洞烧之余,谓之劫灰,即劫火之灰。《北齐书·樊逊传》:"昆明池黑,以为烧劫之灰;春秋夜明,谓是降神之日。"《高僧传》:"昔汉武穿昆明池底得黑灰,

问东方朔,朔曰:‘可问西域梵人。’后竺法兰至,众人问之,兰曰:‘世界将尽,劫火洞烧,此灰是也。’”又见《初学记》引曹毗《志怪》。

⑥“龙山”句:鲍照《学刘公幹体》:“胡风吹朔雪,千里度龙山。”注:“龙山在云中。”此借代岳丈王茂元家。时茂元任泾原节度使,治在甘肃泾川;韩瞻新婚即在泾原。凤楼,凤台,即所谓“萧洞”。

⑦“洞里”句,既切新婚“萧洞”,又用刘晨、阮肇共入天台,遇仙女“迷不得归”故事。意谓洞里迷人应是刘、阮两家(暗喻王氏二姊妹),言外感叹自己议婚未成,今“萧洞”只韩瞻一家。按张相以为“家”同“价”,估量某种光景之辞,犹云“这般”或“那般”“洞里迷人有几家”,意言洞里迷人之乐事“几多般或怎样光景也”(《诗词曲语辞汇释》卷三)。此亦一解。

⑧石榴花:酒名,产顿逊国。《南州异物志》载,顿逊国有树,似安石榴,取花汁为酒,极美而醉人。按《梁书·扶南国传》载,南界三千余里,有顿逊国,在海崎上,地方千里,有五王,并羁属扶南。顿逊之东界通交州县,其西界接天竺、安息。

[点评]

《唐摭言》载:“进士宴曲江日,公卿家倾城纵观,中东床选者十八九。”开成二年(837)放榜为二月二十四日,则韩瞻为茂元选中暨成婚当在三月,正晚春“艳阳”时也。诗亦当作于是时。辛夷花为立春第一候。《焦氏笔乘》说“二十四番花信风”,谓“立春一候迎春,二候樱桃,三候望春”,均在正月,非晚春时令。“帘外辛夷定已开”云云,乃虚拟之辞,不过以“迎春”借比“迎婚”,以“辛夷”谐音“新姨”。冯浩戏云："辛夷亦戏言也，未几而称曰吾姨矣。"

一首戏韩新婚，言当惜"艳阳"春浓之期，莫辜负青春芳华。"劫灰"云云，亦"花开堪折直须折，莫待无花空折枝"意，纯为年少人之戏谑语。姚培谦云："分手即天涯。不知瞬息即千古，横竖看来总一样。"只是借题发挥，非义山本意。

二首"龙山雪""凤楼霞"，除点染萧洞环境外，似以比王氏二姊妹，屈复已见及此，云"霞、雪比仙"。商隐诗中多次以雪比妻，如《对雪二首》等可证。而所谓"我为伤春心自醉"，实感叹自己议婚未成，落于韩瞻之后。故《韩同年新居饯韩西迎家室》有戏韩一联云："一名我漫居先甲，千骑君翻在上头。"

王茂元选东床，先韩后李，当有所虑：一商隐为令狐父子所培植，或疑其有牛党色彩；二为商隐非初次婚姻。《祭侄女寄寄》云"况我别娶以来"，可证与王氏女为第二次婚姻。或因此而议婚落于韩瞻之后。末"石榴花"云云，亦寓有"只为来时晚，开花不及春"意，可能商隐议婚王氏，本来就迟于韩瞻。

东　南

东南一望日中乌①，欲逐羲和去得无②？

且向秦楼棠树下，每朝先觅照罗敷③。

[注释]

①日中乌:阳乌,指日。《春秋元命苞》:"日中有三足乌。"

②羲和:驾日轮之神。《离骚》:"吾令羲和弭节兮,望崦嵫而勿迫。"常以代指日,此指阳光。

③"且向"二句:意谓愿随阳光,且向秦楼,每朝可先照"罗敷";"罗敷"比王氏。《陌上桑》云:"日出东南隅,照我秦氏楼。秦氏有好女,自名为罗敷。罗敷善蚕桑,采桑城南隅。"诗题《东南》与首句切。疑"棠树"为"桑树"之误。

[点评]

姚培谦以为此诗"叹遇合之无期,而深致其期望";冯浩以为"叹不得近君而且乐家室之乐,在泾州而望京都故曰'东南'";纪晓岚以为"言进取无能,姑属意于所欢"。三家所笺均属牵强。商隐开成三年(838)入王茂元幕至泾州,或以议婚,故自泾州而望长安;时茂元小女寄居李十将军招国坊南园。长安在泾州东南,故首云"东南一望"。

诗人于泾州望日,发为痴想:能随(逐)日光而飞至长安否?飞至长安,则每朝可于秦楼桑树下觅照罗敷。诗以罗敷喻王茂元女。时当已议婚,或虽议定而尚未成婚,故翘首以望,急切之情溢于言表。明年春正返长安,二月婚成而令狐绹忌恨随之,是李商隐一生沉沦之关键所在。

此诗妙在发为痴想:心"逐"阳光,实意"向"秦楼。《玉篇》:"觅,索求也。"《三国志·魏志·管辂传》:"招呼妇人,觅索余光。"至"秦楼"而须"觅照"、寻求,则非能直照"罗敷"可知。是可证与王氏女尚未成婚,当为开成三年(838)作。

端　居[1]

远书归梦两悠悠，只有空床敌素秋[2]。

阶下青苔与红树，雨中寥落月中愁。

［注释］

①端居：平居，闲居。

②敌素秋：敌，相匹，此处有对付、抵挡意。素秋，秋天。

［点评］

此桂幕忆家之诗。远书当即家书，家书不至，归梦难成，只有空床、素秋伴我！阶下之青苔红树，不论雨中月中，所望无非寥落，无非一“愁”字。

夜雨寄北[1]

君问归期未有期，巴山夜雨涨秋池。

何当共剪西窗烛[2]，却话巴山夜雨时[3]。

[注释]

①夜雨寄北:宋洪迈《万首唐人绝句》题作《夜雨寄内》,可见诗为蜀中寄妻子之作。

②何当:何时、何日。

③却话:再话,回过头来谈说,即回溯今日之情景。

[点评]

宣宗大中二年(848)五月,李商隐自桂州(今桂林)返京,秋间留滞荆巴,接到妻子王氏问归的信。诗人以诗代柬寄答妻子。

此诗前人极为称美,屈复并且认为是"《玉溪集》中第一流"。细析其妙处主要有二:一为多维之时空结构;二复辞重言,极往复回环之致。

首句妻问,时为"昔",地在长安;诗人答以"未有期",时为"今",地在巴山旅舍。二句"夜雨秋池",时为"今",而地亦在巴山。三句"西窗剪烛",冠以问语"何当",是为"今"思"来日"景况,姚培谦谓"魂飞到家里去"也,地则自巴山旅舍直至长安家中。四句"却话"云云,是"今日"预思"来日"之说"今日"收信时情景,地点则由巴山至长安再返巴山。时间有昔日、今日、来日和今日之思明日及今日思明日之说"明日之昨日"。空间则穿梭于巴山旅舍与长安家中和自巴山预思长安家中谈说巴山夜雨之情景。此所谓多维之时空结构。与此相应,则两"期"重复,两"巴山夜雨"叠印。"君问/归期//未有/期",两"期"复在二顿、四顿,显示夫妻一问一答的连声之妙。二句"巴山夜雨"在一、二顿,四句"巴山

夜雨"则在二、三顿,有助时空之往复回环,情感之潜气缠绵。何义门评云:"水精如意玉连环。"

相　思

相思树上合欢枝①,紫凤青鸾并羽仪②。

肠断秦台吹管客③,日西春尽到来迟。

[注释]

①相思树:亦名夜合、合欢、合昏。相思树叶并生,夜合晓分,常以喻夫妇,故亦名合欢、合昏。

②"紫凤"句:鸾凤喻指夫妻。并羽仪,比喻夫妻并偶欢聚。

③秦台吹管客:自喻,用萧史事。

[点评]

此悼亡诗也。一、二言喻夫妻相爱情挚。三、四言倒接,言丽日已暮,夫妻情爱也从此消逝,令己肝肠寸断。"日西""春尽"不必泥指时日节令,当以喻义解之:言丽日已暮(日西),夫妻情爱已尽(春尽),喻指妻子王氏之逝。"春"意象于义山诗中常有多种含义:有时令之春,人生之春,情爱之春。此"春"即寓寄夫妇之情。"到来迟",言己归家之时,妻子已经亡逝,未得一面之见。可与《房中曲》"归来已不见,锦瑟长于人"同参。

暮秋独游曲江

荷叶生时春恨生[①],荷叶枯时秋恨成[②]。

深知身在情长在,怅望江头江水声。

[注释]

①春恨:春愁。此指伤春、相思之恨。

②秋恨:秋日之愁。此指伤逝之恨。

[点评]

此当为悼伤后于暮秋至曲江凭吊旧地之作。可与《曲池》《病中早访李十将军》等诗同参。言春来当荷叶始生,春思亦生,盖其时正索李十将军为作合故云。《寄恼韩同年》云:“龙山晴雪凤楼霞,洞里迷人有几家。我为伤春心自醉,不劳君劝石榴花。”此即所谓“春恨生”也。“荷叶枯时”,亦已当秋,则己悼伤,按王氏当逝于秋日,所谓“柿叶翻时独悼亡”也,此即“秋恨成”之谓。三句“最为凄婉,盖谓此身一日不死,则此情一日不断也”(程梦星笺)。四句“怅望”云云,宕出远神,诗中有我,亦老杜“注目寒江倚山阁”之画出自我情态,极富神味。刘学锴云:“第三句固惊心动魄之至情语,然若无末句画出茫然怅然情态,全篇韵味将大为减色。‘江头江水声’不曰‘听’而曰‘望’,似无理,而特具神味。”

夜　冷

树绕池宽月影多，村砧坞笛[①]隔风萝。

西亭翠被[②]余香薄，一夜将愁向败荷[③]。

［注释］

①村砧坞笛：远处村坞中传来砧声和笛声。暗示在洛阳。

②西亭翠被：王茂元宅在洛阳崇让坊，宅有东亭、西亭。翠被，有翡翠羽饰之被。

③败荷：隐指妻子之亡逝。三句云“余香薄”，则悼亡已有一段时日。

［点评］

月下绕塘而行，唯闻风吹砧竹之声。《七月二十九日崇让宅宴作》有“风过回塘万竹悲”，今又添远处砧声，更寓寄九月寒衣无人裁制，思妻之情隐然心中。三句切夜冷，四云一夜难眠，唯将愁思一寄“败荷”也。“败荷”喻王氏亡逝显然。

此于洛阳崇让宅悼亡妻，殆暮年所作。

西　亭①

此夜西亭月正圆，疏帘相伴宿风烟。

梧桐②莫更翻清露，孤鹤③从来不得眠。

［注释］

①西亭：见《夜冷》诗注。

②梧桐：枚乘《七发》："龙门之桐，高百尺而无枝，其根半死半生。"李商隐《上河东公启》："某悼伤以来，光阴未几。梧桐半死，才有述哀。"寓悼亡之意。

③孤鹤：自喻失偶。

［点评］

此亦崇让宅悼亡之作。据"从来"字，王氏之逝应有数年，当是梓幕归洛时作。

月圆人亡，唯疏帘相伴。桐叶飘飞而触悼亡之绪。自枚乘《七发》有"龙门之桐，其根半死半生"之说，后人每借以寓寄悼亡之思。白居易《长恨歌》："秋雨梧桐叶落时。"李后主《乌夜啼》："寂寞梧桐深院锁清秋。"贺铸《鹧鸪天》："梧桐半死清霜后，头白鸳鸯失伴飞。"皆以悼亡妻。而《大唐新语》云"公主初昔降婚，梧桐半死"，则指丧夫。此可证梧桐意象寓寄悼亡之情韵义。张采田云："玩篇中'从来'二字，

年代当已渐深。”末云“孤鹤从来不得眠”，言自王氏逝后而“惟将终夜长开眼，报答平生未展眉”（元稹《悲遣怀》）。

七　夕

鸾扇斜分凤幄开[①]，星桥横过鹊飞回。

争[②]将世上无期别，换得年年一度来。

[注释]

①“鸾扇”句：羽扇之美称。《古今注》载：扇始于殷高宗雊雉之祥，服章多用雀羽，故有雉尾扇，后为羽扇。按扇名甚多，鸾扇可通用。凤幄，绣有凤凰图案的帐幔。鸾扇斜分帷帐，隐指牛女之相会。

②争，犹怎。争无，怎无，怎能无。

[点评]

一、二言倒接，言鹊桥已成，牛女正相会合。三、四言就牛女会抒慨，言怎能将人间死别，换成一年一度相会？三、四言沉挚之至。屈复云：“人间一别，再见无期，欲求如天上一年一度相逢不可得也。”此亦悼亡，殆为暮年之作。

谒山①

从来系日乏长绳②，水去云回③恨不胜。

欲就麻姑④买沧海，一杯春露冷如冰。

[注释]

①谒山：谒奠蓝田玉山，义山妻王氏当葬于玉山。《寰宇记》："陕西蓝田山有华胥氏陵。"华胥氏，相传伏羲氏母。《故驿迎吊故桂府常侍有感》："此时丹旐玉山西。"是蓝田玉山为唐代士宦女眷卜葬之地。

②"从来"句：此言时光不能倒流，人死不能复生。

③水去云回：《论语·子罕》："子在川上曰：'逝者如斯夫，不舍昼夜。'""水去"，点"逝"。沈约《和王中书白云诗》："氛氲回没。"陆机《浮云赋》："有轻虚之艳象，无实体之真形。"成公绥《云赋》："去则灭轨以无迹，来则幽暗以杳冥。"故"云回"即氛氲回没，灭形无迹。

④麻姑：世传麻姑为长寿女仙，曾见沧海三为桑田，主司女子添寿（《神仙传》）。

[点评]

此悼亡无疑。"谒山"即谒奠蓝田玉山上妻子之陵墓。《释名·释书契》："谒，诣也；诣，告也。书其姓名于上，以告所至诣者也。”引申为“参诣”“谒荐”“谒奠”则于拜谒佛事、献供郊庙、祭奠神明死者，均可言“谒”。

首句言己于灵山坟地前奠祭，痴想如果能用长绳系此西归之落日，使日轮不动，时光不流，则妻子可永葆不死，然“从来系日乏长绳”。故二句紧接以“水去云回”。“水去”，点“逝”（“逝者如斯夫”）；“云回”，点“没”（“氛氲回没”），言亡妻如水之东逝，永无回归之日；如云之氛氲回没，永无形聚之期，故“水去云回，不胜遗恨”也。三句自水逝沧海而想及女仙麻姑。葛洪《神仙传》载，麻姑为长寿女仙，曾见沧海三为桑田，主司女子寿龄。故每逢妇女祝寿，心书麻姑献寿数字，或绘麻姑形状，手捧蟠桃以为吉利，世所谓“麻姑献寿”云。因拟想沧海尽属麻姑。“逝者如斯夫”，亡妻如水之东逝，亦必至沧海，故云“欲就麻姑买沧海”也。然麻姑连一点恩泽（春露）也不沾溉，是为“一杯春露冷如冰”也。

朱彝尊云：“想奇极矣，不知何所云。”所云如上，确是奇想。三句言“欲买沧海”，即所想奇极。四句不言妻子无复归之日，无形聚之期，却云麻姑不助，添寿无门，反跌一步作结，更是奇想。解此诗之钥在麻姑，在于《谒山》之诠解。

杨本胜[1] 说于长安见小男阿衮

闻君来日下[2]，见我最娇儿。

渐大啼应数[3]，长贫学恐迟。

寄人龙种瘦，失母凤雏痴[4]。

语罢休边角[5]，青灯两鬓丝。

［注释］

①杨本胜：杨筹字本胜，官监察御史。

②日下：京师。《晋书·陆云传》："隐曰：'日下荀鸣鹤。'"

③数：频，多。

④龙种凤雏：龙种，指阿衮；凤雏，当指娇女，因言龙种，兼而及之。或云均指阿衮，亦通。

⑤边角：军中画角。

［点评］

姚培谦曰："前六句一气说下，结句是闻说时情景。"

此诗佳处在末联。"语罢"静默；"休边角"又静默。言者无语，闻者有所思也。"青灯两鬓丝"即"有所思"貌；其妙处即在"旁入他意"，而自写诗人情态。郭知达《九家集注杜诗》引赵彦材云："古人作诗断句，辄旁入他意，最为警策。如'鸡虫得失无了时，注目寒江倚山阁'，是也。""注目寒江"

云云，老杜因鸡虫得失而有所思，“青灯两鬓丝”，亦义山闻杨本胜说阿衮而有所思也。

曲　池①

日下繁香②不自持，月中流艳与谁期③。
迎忧④急鼓疏钟断，分隔休灯灭烛时⑤。
张盖欲判⑥江艳艳，回头更望柳丝丝。
从来此地黄昏散，未信河梁是别离⑦。

［注释］

①曲池：曲江池。

②日下繁香：《世说新语·排调》：“陆举手曰：‘云间陆士龙。’荀答曰：‘日下荀鸣鹤。’”日下指京师，此兼指日光下，与下句“月中”对文。繁香，繁花。

③“月中”句：流艳，水面光波闪动。期，《说文》段注：“要约之意，所以为会合也。”

④迎忧：黄侃曰：“迎忧，犹言豫愁尔。”

⑤“分隔”句：分，黄侃曰：“‘分’字亦当时方语，犹今言‘料定’尔。”休灯灭烛，言酒阑宴罢。《史记·淳于髡传》：“杯盘狼藉，堂上烛灭，主人留髡而送客。”

⑥张盖欲判：言登车张盖而别。判，分袂，别离。

⑦“未信”句：李陵《别苏武诗》：“携手上河梁，游子暮何之。”

[点评]

此诗抒宴集别情。张采田据义山《思归》诗“旧居连上苑”句，以为义山在京当家居曲池，未可定论。义山家于樊川之南，固近曲池。然以为“此其别闺人之作”，实为有据，兹详笺之。

义山曲江诗，除《曲江》一首为咏明皇杨妃外，余三首似均有一女子在。《病中早访李十将军遇挈家游曲江》云：“莫将越客千丝网，网得西施别赠人。”《闲游》云：“危亭题竹粉，曲沼嗅荷花。数日同携手，平明不在家。”《暮秋独游曲江》云：“荷叶生时春恨生，荷叶枯时秋恨成。深知身在情长在，怅望江头江水声。”此三首相连则一期求李十将军作合，二相携游曲池，三怅望悼伤。考义山生平所爱恋女子合此三首者，唯王氏一人。未可因“休灯灭烛”字而疑为艳诗。一言日下遇此“繁香”，几情不自禁。二想望于月下约其相会。三、四写宴集相会，预忧并料定其急鼓疏钟之后，休灯灭烛之时便须相别。五、六实写与其别离情景，女子登车欲判时唯曲江池水波光潋滟，回首伊人已消失夜幕之中，唯江柳依依，融情入景，极怅然依恋之致，末言此地黄昏惜别，过于河梁也。

诗当是与王氏初会怅然惜别之作。冯浩曰：“此宴饮既罢，有所不能忘情。”叶矫然云：“结语无限感慨！”（《龙性堂诗话》）

对雪二首

寒气先侵玉女扉，清光旋透省郎闱[①]。
梅花大庾岭头发，柳絮章台街里飞[②]。
欲舞定随曹植马，有情应湿谢庄衣[③]。
龙山万里无多远，留待行人二月归[④]。

旋扑珠帘过粉墙，轻于柳絮重于霜。
已随江令夸琼树，又入卢家妒玉堂[⑤]。
侵夜可能争桂魄，忍寒应欲试梅妆[⑥]。
关河冻合东西路，肠断斑骓送陆郎[⑦]。

［注释］

①“寒气”二句：宋之问《奉和幸大荐福寺》：“窗摇玉女扉。”陆昆曾曰：“寒气先侵，欲雪未雪也；清光旋透，已见雪矣。玉女扉，省郎闱，不过借以形其色之白矣。”

②“梅花”二句：大庾岭又名梅岭，在今广东南雄与江西大庾之间。《白帖》：“大庾岭上梅，南枝落，北枝开。”章台柳，见《回中牡丹为雨所败》注。陆昆曾曰：“庾岭梅花，以成片者言；章台柳絮，以作团者而言。曰发、曰飞，言雪之大作也。”

③“欲舞”二句:曹植有《白马篇》,又《洛神赋》:“飘摇兮若流风回雪。”《宋书·符瑞志》:“花雪降殿庭,时右卫将军谢庄下殿,雪集衣,还白,上以为瑞。”二句除形其色,又咏雪之情态。

④“龙山”二句:龙山雪,李诗中屡见。诗题《对雪》即对妻子。冯浩曰:“以慰闺人,故聊订归期。”

⑤“已随”二句:《陈书·后主纪》:后主制新曲,有“璧月夜夜满,琼树朝朝新”,乃江总词也。冯浩曰:《河中之水歌》无“白玉堂”,诗屡云“卢家白玉堂”,当别有据。二句意谓大雪是处堆积,在树则比于琼树,在堂则为白玉所妒。

⑥“侵夜”二句:桂魄,指月。唐太宗《望月》:“魄满桂枝圆。”梅妆,即梅花妆,用宋武帝女寿阳公主事,见《杂五行书》。二句意谓入夜则其光如月,试妆则其白如梅。

⑦斑骓陆郎:乐府《神弦歌·明下童曲》:“陈孔骄赭白,陆郎乘斑骓。”陆郎,指行人,义山自喻。

[点评]

此虽托雪以咏王氏,然为“对雪”,非纯为咏雪。冯浩云“别闺人之作”。诗作于大中三年(849)十一月,题下原注云:“时欲之东。”盖离别家室将赴徐州武宁卢宏正幕。

首章一、二言将雪之时,寒气先侵;清光旋透,寒气过后,旋即降雪。三、四言大雪纷纷,如梅之发于大庾岭头,又似柳絮之飞于章台。五、六以飞雪比妻子之高洁、柔情,以曹植、谢庄自况。七、八自“情”字生出,言此去徐幕,无多路程,不必远送,我明年二月定当返家,慰之之辞。笔者考得义山、王氏婚于二月,故远离家室每与妻约定二月返归(参见《李商隐生平事迹考索二题》,收入《古代诗人情感心态研究》)。

次章一、二状雪之轻盈,三、四言雪之洁白,有如琼玉,五、六谓其如月似花,七、八陆郎斑骓自比,言妻子送别,见关河冻合,亦将肝肠寸断。

咏物诗

忍委芳心与暮蝉

忆 梅

定定住天涯[①]，依依向物华[②]。

寒梅最堪恨[③]，长作去年花。

[注释]

①“定定”句：定定，定止不动貌，唐时俚语。天涯，指东川梓幕。意谓长年留滞梓州，沉沦羁泊。

②“依依”句：依依，深切向慕、怀恋。物华，春天美丽景色。

③堪恨：可恨，令人怅恨。

[点评]

此忆去年之梅，而发花开非时之叹，可与《十一月中旬至扶风界见梅花》同参。

首言寒梅定定天涯，然于春日美景仍依依向慕怀恋。梅开天涯，即非其地，喻己之三度入幕，远离京华。三、四言最令己恨恨不已者，乃花开非时。梅腊而开，望春始落。而今“长作去年花”，亦《十一月中旬至扶风界见梅花》所云“匝路亭亭艳，非时裛裛香”之意。其匝路而开，正开非其地；十一月开，即“长作去年花”，开非其时也。末云“为时成早秀，不待作年芳”，正是此诗题旨。姚培谦云：“自己不能去，却恨寒梅，妙绝。”

微 雨

初随林霭[①]动，稍共夜凉分[②]。

窗迥侵灯冷[③]，庭虚[④]近水闻。

［注释］

①林霭：林中雾气。

②分：异也。注："分，异也。"

③"窗迥"句：迥，远。侵，渐进也。

④庭虚：庭院空旷、空寂。

［点评］

一句暮雨初随林中雾霭飘洒游动，雨微，林霭，浑然莫辨，是自目向所视。入夜雨微，以为夜间凉意，细辨之，始觉雨微、夜凉，亦有异也，是自沾触而得。三句，孤灯暝濛，窗迥寒侵，身感冷意，细察之，似微雨飘洒入室，乃自所感言之。四句夜静庭空，近处似有潺湲之声，细闻之，方悟微雨已久，积微成流矣，此自聆听而知也。

微雨无声，夜间难形。四句平列，以目视、肤触、心感、耳闻等不同角度辨析之。无此体物之细，则难见微知著。何焯曰："写'微'字自得神。"

此亦状物，别无寄托。

蝶

孤蝶小徘徊，翩翾[①]粉翅开。

并应伤皎洁[②]，频近雪中来。

［注释］

①翩翾：轻飞，小飞。

②“并应”句：并应，似为、似是。并，动词，如、似。如、并对文互通；月并钩，月如钩也。伤皎洁，以皎洁而伤，意谓因己之皎洁而感伤，故下云云。

［点评］

一、二孤蝶徘徊小飞，粉翅微开。三、四言似因皎洁而无侣，故频向雪中飞去。“孤”“洁”是一篇主意。蝶，义山自比。人而孤洁无侣，则唯有向雪。此以孤高廉洁自许。

月

过水穿帘触处[①]明，藏人带树[②]远含清。

初生欲缺虚[③]惆怅，未必圆时即有情。

［注释］

①触处：所触之处，即月照之处。

②藏人带树：言影深可藏，笼盖树木。藏，使动词；带，映照、笼盖。“带”与“映”，与“笼”对文互义。或云月里有嫦娥、吴刚、桂树，故云“藏人带树”。

③虚：空，徒然。

［点评］

一言月光过水穿帘，触照之处，一片明艳。二言月影深可藏人，笼盖树木，远含清光。一言“明”，一言“清”。三云初生之月望其圆，未圆则惆怅不已，“虚”字逗下。云月圆之时，亦未必于人有情。屈复曰：“月缺而人愁，月圆人未必不愁。”人生缺陷，在所难免，总是失意人语。

柳

柳映江潭底有情①,望中频遣②客心惊。

巴雷隐隐千山外,更作章台走马声③。

[注释]

①“柳映”句:庾信《枯树赋》:“昔年移柳,依依汉南;今看摇落,凄怆江潭。”此用其意。底,许;底有情,何其有情,如许有情。

②遣:使,让。

③章台走马:章台,长安街名。《汉书·张敞传》:“张敞为京兆尹,时罢朝会,过走马章台街。”

[点评]

此诗向有二解。姑并存之以备考。

一解云柳以自喻。首联云望江潭柳影,已使我惊心。刘学锴云:“诗人目睹江柳,似发现自我之身影,故‘频遣客心惊’也。”三、四忽千山之外雷声殷殷,似乎走马章台之车声。冯浩云:“走马章台,乃官于京师者也。”章台,指代长安。是此诗为思归京华,企望朝籍之作。

二解言柳以喻柳枝。首联言望柳映江潭,而觉江柳于我仍何其有情,念及柳枝于今沦落风尘,故云“频遣客心惊”;

客，自指。三、四忽闻雷声，隐隐于千里之外如章台走马之声。司马相如《长门赋》：“雷隐隐而响起兮，声象君之车音。”章台，泛指妓院冶游之地。韩翃《章台柳》诗云：“章台柳，章台柳，昔日青青今在否？纵使长条似旧时，亦应攀折他人手。”故三、四自巴雷而移觉于冶游之车声，回应“心惊”念柳枝之沦落于今仍有情于我也。程梦星笺：“此东川道中偶有所见而作。章台走马，冶游之事也。今在客途，徒然怅望而已。柳枝之掩映有情，客子之惊心何极！”

二解似皆可通。

柳

曾逐[①]东风拂舞筵，乐游春苑断肠天[②]。

如何肯到清秋日，已带斜阳又带蝉[③]。

［注释］

①逐：随。

②“乐游”句：乐游苑即乐游原，在长安城东南，曲江池北面，为唐时京华胜地。断肠，犹云销魂。意谓柳于乐游苑春日曾随春风轻拂舞筵，令人销魂！

③“如何”二句：如何，奈何。肯到，至于。言春日柳条轻拂，奈何到了秋天，便与残阳暮蝉为伴，如许萧条！

[点评]

此首当与《巴江柳》同参，亦以柳自况之作。一、二指乐游苑时，曾逐东风而拂舞筵，与春日相映，极令人销魂。三、四巴江之柳。味首句"曾"，则此柳乃自乐游苑而移植于巴蜀，非两地各无相关之柳。言自移巴江后，已非当年春日可比，而是衰飒秋日，残阳暮蝉矣。末句寓迟暮悲鸣显然。张采田云："凄惋入神。"又云："含思宛转，笔力藏锋不露。"

樱桃花下

流莺舞蝶两相欺[①]，不取花芳正结时。

他日未开今日谢，嘉辰长短是参差[②]。

[注释]

①两相欺，指莺、蝶皆欺我也。相，指代副词，偏指一方。

②"嘉辰"句：嘉辰，嘉会良辰。长短，张相《诗词曲语辞汇释》："长短，犹云总之或反正也。"今俗仍云横竖、反正。参差，远隔、错过。

[点评]

此等诗或云艳体（冯浩），或云"自伤与时龃龉"（程梦星），或云"遇合迟暮之感，首句喻党局"（张采田）。要之，此等诗只可就字面题解之。至于见仁见智,则只需言之成理,持之有据即可。

此当于樱桃花下,偶发感触,或以樱桃自喻,或仅樱桃其人感发。一、二言流莺、舞蝶两欺我,我"花芳正结"之时,汝等"不取"。三句言往日未开之时,今日已谢之时,汝等偏"取"。此皆"相欺"也。末句为全诗本意:嘉会良辰无奈难偶也。姚培谦曰:"恨嘉时之难遇也。总之,古今无不缺陷之世界,亦无不缺陷之时光。"

离亭赋得折杨柳二首[1]

暂凭樽酒送无憀[2],莫损愁眉与细腰[3]。

人世死前惟有别[4],春风争[5]拟惜长条?

含烟惹雾每依依,万绪千条拂落晖。

为报[6]行人休尽折,半留相送半迎归。

[注释]

①离亭:驿亭、长亭,古人每于离亭折柳送别。折杨柳,乐府曲词,本《汉横吹曲》名,词佚。晋、宋以后《折杨柳词》已非古义,故郭茂倩《乐府诗集》列入"近代曲词"。

②无憀:即无聊,百无聊赖。

③愁眉细腰：愁眉，柳叶；细腰，柳枝。

④“人世”句：江淹《别赋》：“黯然销魂者，惟别而已矣。”

⑤争：怎。

⑥报：白也，今之言告、告知。

［点评］

此离亭留别，借柳寄慨之作。

“暂凭”一首。一、二自题中“折”字生出，自行者言之，云樽酒可送无憀，似无须再折柳送行。“愁眉”“细腰”喻指柳叶、柳枝；“莫损”云云，正劝慰其莫因伤别而损愁眉细腰也，见柳之依依情态。三、四陡转，言人世死前，黯然销魂者唯别而已；为诉离情正苦，亦何惜春风长条，写柳之不惜哀损以抒伤别之情。

“含烟”一首则自柳及送者角度言之。一、二云含烟惹雾，依依赠别，正是柳之本意；落日亭边，万绪千条，亦何惜为情损折！三、四又陡转，言今日依依，折柳送行，正为行人速速归来，须当留下一半以待他时为汝迎归洗尘也。

两首似言答体，一首行者言，二首送者答。诗言“愁眉”“细腰”，似送者为一女子。冯浩以为艳体伤别之作，然柳枝亦沦落风尘，义山必联类而及，寓伤柳枝之情入诗，故写得如许感人！何焯评曰：“惊心动魄，一字千金。”张采田曰：“真千古之名篇。”

槿　花①

风露凄凄秋景繁，可怜荣落在朝昏。

未央宫②里三千女，但保红颜莫保恩。

[注释]

①槿花：即木槿，亦名蕣，朝开夕谢。《诗·郑风·有女同车》："有女同车，颜如栐华。"蕣，又作舜，取其仅荣一瞬之义。

②未央宫：汉宫名，此指唐后宫。

[点评]

此咏槿花，亦比体。贺裳《载酒园诗话》："魏晋以降，多工赋体，义山犹存比兴。如《槿花》诗。""因槿花之易落，而感女色之易衰，此兴而兼比也。"然联类而及，亦可解为君恩难恃，李德裕集团一朝覆亡之慨。据"秋景繁"字，或以为作于大中二年（848）秋，李德裕贬崖州司户时（刘学锴），或以为作于大中五年（851），郑亚卒循州贬所时（张采田），姑从刘说。

槿花[①]二首(其二)

珠馆重燃久,玉房梳扫余[②]。

烧兰才作烛,襞锦不成书[③]。

本以亭亭远,翻嫌脉脉疏。

回头问残照,残照更空虚。

[注释]

①槿花:亦名朱槿、木槿,朝开暮落。

②"珠馆"二句:《圣女祠》:"每朝珠馆几时归?"珠馆、玉房,以珠玉为饰之屋,此似指道观。重燃久,言其朝开之香浓红艳;梳扫,梳蝉髻而扫蛾眉。白居易《美女》:"蝉髻加意梳,蛾眉用心扫。"二句兼咏其红白二色。

③"烧兰"二句:《楚辞·招魂》:"兰膏明烛。"王逸注:"以兰香炼膏也。"襞锦,锦皱褶,状槿花之憔悴萎落,用锦书事。

[点评]

其一有"三清""仙岛",此首言"珠馆""玉房",自是咏女冠诗。

一句花香,二句花艳,喻其昨夜燃香,晨起蝉梳而淡扫蛾眉。三"烧兰作烛"承一、二,重写其香艳,然已是兰膏蜡泪矣，四言其萎落如皱锦。五句“亭亭远”则枝高，言其仙品自高。六句“脉脉疏”则花稀，言其寂寞自处。张采田云：“五、六句空际传神。”七、八则残照暮落，青春已逝。

诗以槿花之朝荣暮落，叹女冠之苦度青春，寂寞自处。末联融入身世之感。

菊

暗暗淡淡紫，融融冶冶黄①。

陶令篱边色，罗含宅里香②。

几时禁重露③，实是怯残阳。

愿泛金鹦鹉④，升君白玉堂⑤。

[注释]

①融冶：明丽美艳。《释名》：“融，明也。”《荀子·非相》：“莫不美丽姚冶。”融融冶冶，与暗暗淡淡相对。

②“陶令”二句：陶潜《饮酒（其五）》：“采菊东篱下。”二句喻己被冷落于陶篱罗宅，隐寓罢职闲居。

③“几时”句：几时，几曾、何曾。禁，禁受，禁得住、受得了。意谓几曾禁得住重露，即禁不住重露。

④金鹦鹉：金制之鹦鹉嘴形的酒杯。

⑤白玉堂：玉堂，美宫殿之称。又唐宋翰林院也称玉堂。

[点评]

此托菊自寓。以如许之黄紫融冶而冷落于陶篱罗宅，重露残阳，安能不平乎？诗情淡淡，有怨无怒。末句托寄希望，“白玉堂”，双关，既反衬陶篱罗宅，又暗含翰林清资。

此诗诸家定为罢官闲居时作，盖据陶篱罗宅一联，可从。

深树见一颗樱桃尚在

高桃留晚实①，寻得小庭南。

矮堕绿云髻②，攲危红玉簪③。

惜堪充凤食，痛已被莺含④。

越鸟夸香荔，齐名亦未甘。

[注释]

①晚实：晚熟的果实。谢朓《咏墙北栀子》：“余荣未能已，晚实犹见奇。”

②矮堕髻：古代妇女一种发髻型，此形深树绿叶。

③攲危：高挂。簪，同簪。

④凤食莺含：《礼记·月令》：“仲夏，天子羞以含桃，先荐寝庙。”含桃即樱桃，传为莺鸟所含食故名。唐代皇帝每以樱桃赐大臣。充凤食喻仕于朝；被莺含，比沉沦使府。

［点评］

此托樱桃抒怀。深树绿云中忽见一颗晚实樱桃隐在僻处。樱桃原可供君上，堪食丹山之凤，而今遗落深僻云云，显以不仕朝廷而入僻幕自况。“越鸟”“香荔”，皆南方景物，当为桂幕作。姚培谦笺：“摧残偶剩，此樱桃之不遇也。士之抱才遗佚，何以异此！”所见甚确。

蝉

本以高难饱，徒劳恨费声①。

五更疏欲断，一树碧无情②。

薄宦梗犹泛③，故园芜已平④。

烦君⑤最相警，我亦举家清⑥。

［注释］

①“本以”二句：《吴越春秋》记载，秋蝉登高树，饮清露，随风㧑挠，长吟悲鸣。高，除指其栖止高枝外，又寓其品格高洁。

②“五更”二句：寒蝉彻夜哀鸣，至五更已声稀欲断，而蝉自哀鸣，树自青碧，一似无情者。沈德潜曰：三句“取题之神”。朱彝尊曰：“第四句更奇，令人思路断绝。”

③“薄宦”句：《战国策·齐策》：“土梗与木梗斗，曰：‘汝不如

我，……汝逢疾风淋雨，漂入漳河，东流至海，泛滥无所止。”梗，桃木所制木偶人。意谓为此薄宦而如木偶人四处漂泊。

④“故园”句：陶潜《归去来兮辞》：“田园将芜胡不归？”此自薄宦梗泛而思归故园。

⑤君：指蝉。

⑥举家清：一贫如洗。清，双关，兼清贫、清廉义。

［点评］

此诗以蝉自喻。蝉栖高枝而饮清露，故通首实自白己之高洁清贫。一、二言因高洁而贫，哀鸣寄恨终日徒然。纪晓岚云：“意在笔先。”三、四言彻夜长鸣，至五更已声疏欲断，而一树青碧，无视寒蝉之哀鸣；喻世情冷暖，环境险恶。钟惺极赞第四句，以为“碧无情三字冷极、幻极”。李因培评曰：“追魂之笔，对句更可思而不可言。”或谓此屡启陈情，而令狐不肖，亦聊备一说。要之托寓失所依栖，故五、六嗟泛梗而兴故园之思。七、八言听此蝉声哀警，而我举家清廉，不劳相警也。何义门云：“结则穷而益贤。”

此诗当作于大中二年（848）、三年（849）秋间令狐拒绝援手之后。

题小松

怜君孤秀植庭中，细叶轻阴满座风。

桃李盛时虽寂寞，雪霜多后始青葱[①]。

一年几度枯荣事，百尺方资柱石功[②]。

为谢西园车马客，定悲摇落尽成空[③]。

［注释］

①“雪霜”句：《论语·子罕》：“子曰：‘岁寒，然后知松柏之后凋也。’”

②柱石功：《汉书·霍光传》：“将军为国柱石。”

③“为谢”二句：为谢，为告。曹丕《芙蓉池作》：“逍遥步西园。”曹植《公宴》：“清夜游西园。”又云：“秋兰被长阪，朱华冒渌池。”意谓西园之兰、荷、桃、李等尽皆凋零摇落时而松树则仍青葱也。

［点评］

作者以小松自况，亦咏物一体。首句言小松孤秀挺拔，次句言其轻阴荫庇。三、四以桃李之春荣冬萎与松树之傲霜斗雪两相映照，可为孔丘“岁寒后凋”之具象化，成为唐诗名句。五、六言世间荣枯屡变，凡物皆然，不必多加感慨，百尺柱石之功非不可期！末联云彼西园车马之客徒赏桃李，至于雪霜多后，当悲摇落成空耳。

刘学锴、余恕诚云："味其意致、口吻及制题，疑是少作。"刘、余说得是，可与《初食笋呈座中》诗同参。

回中[①]牡丹为雨所败二首

下苑[②]他年未可追，西州[③]今日忽相期。
水亭暮雨寒犹在，罗荐[④]春香暖不知。
舞蝶殷勤收落蕊，有人惆怅卧遥帷[⑤]。
章台街里芳菲伴，且问宫腰损几枝[⑥]？

浪笑榴花不及春[⑦]，先期零落更愁人。
玉盘迸泪伤心数，锦瑟惊弦破梦频[⑧]。
万里重阴非旧圃[⑨]，一年生意属流尘[⑩]。
前溪舞罢君回顾，并觉今朝粉态新[⑪]。

［注释］

①回中：地名，在唐安定郡（今甘肃固原）。

②下苑：曲江。

③西州：谓回中。

④罗荐:《汉武内传》:"帝以紫罗荐地。"刘学锴、余恕诚曰:"当系置于幄幕以防花寒者。"

⑤"有人"句:遥帷,远山之中。江淹《杂体诗》:"炼药瞩虚幌,汎瑟卧遥帷。"注:"遥,远也;帷谓山中。"此以人拟花。

⑥"章台"二句:章台,秦台名。唐长安有章台街,多柳,所谓"芳菲伴"也。宫腰,细腰。此以章台柳喻宏博得中者,彼固以腰柔取媚而得意者。

⑦不及春:赶不上春天。孔绍安《咏石榴》:"只为来时晚,开花不及春。"

⑧"玉盘"二句:玉盘,指牡丹花冠。玉盘迸泪、锦瑟惊弦,皆以喻急雨打花,一拟其态,一摹其声。

⑨"万里"句,指回中乌云蔽天,再不是往日曲江园圃。

⑩生意:生机。《晋书·殷仲文传》:"此树婆娑,无复生意。"流尘,尘泥。

⑪"前溪"二句:于兢《大唐传》:"前溪村,南朝习乐之所,今尚有数百家习音乐,江南声伎多自此出,所谓舞出前溪者也。"此以前溪之翻舞比风雨中牡丹之摇荡飘飞。冯浩曰:"落尽之后,回念今朝,并觉雨中粉态尚为新艳矣。此进一层法。"

[点评]

此二首开成三年(838)春暮作于安定,借牡丹写照,抒宏博不中选之恨。《安定城楼》,凭高临远,感愤而赋。此则借为雨所败之牡丹,以咏物出之。

首章。一、二言往年曲江下苑之牡丹已经逝去,不可追忆,今乃于西州风雨之中与之相期。言去岁登第,曲江游宴,何等繁华，于今一去不可复返；时隔一年，而沦落西州，寄人为幕。三句承二，言今，言西州“水亭暮雨”；四句承一，言去岁，言曲江下苑之“罗荐春香”。五、六“落蕊”“惆怅”，点“为雨所败”。五句以舞蝶之惜“落蕊”，正写“败”，六句以佳人之帐卧比花事之已阑。七、八以章台街里芳菲之杨柳比同年留京之得意者。言其春风得意，日日于风前起舞，恐“宫腰”亦损多多矣。

次章。一、二言榴开虽不及春，然牡丹早开早谢，先榴而零落，更令人愁心。商隐及第，盖借令狐绹之荐于高锴，是牡丹之早开；使令狐未荐，或即如榴花之不及于春。然“大抵世间遇合，不及春者，未必遂可悲；及春者，未必遂可喜”（姚培谦笺）。因令狐之荐，遂及于春；亦因牛党之排斥，而宏博不中选，故而言“先期零落”也。三句玉盘比牡丹花蕊，迸泪喻疾雨横风；花之心伤，亦人之伤心。四句锦瑟惊弦，喻风声雨声大作；破梦则谓前程之理想抱负，至此全为风雨所破矣。五句言西州回中，万里重阴，已非昔日曲江旧圃。六句言进士及第，于今一年，努力追求，而如牡丹之花落委地，全付流尘。七、八透过一层，诗思则预飞至异日花蕊落尽，反观今日雨中粉态而觉今日尤胜他时。此诗人据今日遭遇，预测日后厄运当更甚于今。今日虽为雨所败，尚于枝头粉态飘舞，来日则“零落成泥碾作尘”矣。

二诗全以为雨所败之牡丹自况，有神无迹，“凄然不忍卒读”（张采田笺）。

蝶

叶叶[1]复翻翻，斜桥对侧门。

芦花惟有白，柳絮可能温[2]！

西子寻遗殿，昭君觅故村[3]。

年年芳物尽，来别败兰荪[4]。

[注释]

①叶叶：摇动貌。白居易《奉和汴州令狐相公二十二韵》："碧幢油叶叶。"

②可能温：岂能重温。可，何、岂。

③西子昭君：均喻蝶。

④荪：一种香草。

[点评]

一、二言秋蝶翻飞于斜桥、侧门之间。三、四言至秋日唯见芦花飘白、茫茫无际，三春之柳花白絮岂能重睹！"寻遗殿""觅故村"，言岁月消逝，旧迹难觅。七、八言至秋暮花事已尽，始来寻觅，则唯衰兰败荪可相偶也。

朱彝尊曰："无一句咏蝶，却无一句不是蝶，可以意会，不可以言传，此真奇作。"纪晓岚云："此寓人事今昔之感，以蝶自比，极有情致。”此诗咏蝶在似与不似之间，可谓不黏不滞，神完意足。

流　莺

流莺飘荡复参差，渡陌临流不自持①。
巧啭②岂能无本意，良辰未必有佳期。
风朝露夜阴晴里，万户千门③开闭时。
曾苦伤心不忍听，凤城④何处有花枝？

［注释］

①不自持：不能自主。
②巧啭：鸟婉转鸣叫。
③万户千门：暗点流莺在京华。
④凤城：亦作丹凤城。唐时大明宫前有丹凤门故称。

［点评］

此诗托流莺自伤飘荡，无处可栖，为义山咏物之上品。诗以流莺自况，可作多解。以为自伤爱情无望，是为失恋之诗；以望“莺迁乔木”，又可喻指企望登第；而据“曾苦”字，则又似晚年各处幕府“飘荡”后所作。三解相较，似后说为胜。“凤城何处有花枝”，言会昌以来诸公一一罢黜，无一在朝，无所依归也。冯浩评云："颔联入神，通体凄惋，点点杜鹃血泪矣。"张采田曰："含思宛转，独绝古今。"

野　菊

苦竹园南椒坞边[①]，微香冉冉泪涓涓。

已悲节物同寒雁，忍委芳心与暮蝉[②]。

细路[③]独来当此夕，清尊相伴省他年[④]。

紫云[⑤]新苑移花处，不取霜栽[⑥]近御筵。

［注释］

①"苦竹"句：苦竹，又名还味竹、旋味竹或苦伏竹。其笋初煮食或苦涩，停久则味还甘。见《竹谱详录》。

②"已悲"二句：何焯曰："寒雁，自比羁远；暮蝉，则不复一鸣，欲诉而咽也。"

③细路：狭小之路径。杜甫《秋风》："石古细路行人稀。"

④"清尊"句：即《九日》云"曾共山翁把酒卮"意。

⑤紫云：冯浩曰："取霄路神仙之义。"

⑥霜栽：野菊。

［点评］

此咏菊自伤之作。大和、开成于令狐楚幕，是绕墀之霜天白菊，十二年后而成“野菊”。首言此野菊栽于苦竹园南，椒坞之边，所谓托根于辛（椒坞）苦（苦竹）之地，当喻指沉沦使府。二句言香微露重，涓涓有泪，此人菊形一，亦人亦菊：香微则难远，露重则阻深，是以辛苦而涓涓泪落矣。三言此九秋之菊，托根辛苦，敷荣在野，有如寒雁南飞而羁栖，隐寄托身桂幕。四句思以振起，言不忍将一点芳心与暮蝉同咽，是不甘沉沦使府之意。五句言此夕于桂岭逶迤而来至绹之府上；细路，崎岖、逶迤意。六云尚记昔年与令狐楚清尊相伴，亦《九日》“曾共山翁把酒卮”意。“此夕”与“他年”相较，真天渊之别，令人感叹。不取霜栽，“霜栽”即是野菊；言不取野菊入紫云新苑，七、八明示令狐绹不予荐引。通篇亦伤亦怨。陆昆曾曰：“《野菊》一篇，最为沉痛。”王夫之评曰：“有飞雪回风之度，《锦瑟集》中赖此以传本色。”

据“此夕”句，当是大中二年（848）重阳日返京时作。义山归京约当九月初，或即在九日，匆匆赴令狐府第，绹不之见，先作《九日》，继自绕阶之“霜天白菊”联类而及，自叹自此为霜栽野菊，无移花紫云新苑矣。

辛未七夕①

恐是仙家好别离，故教迢递作佳期。
由来碧落②银河畔，可要金风玉露时③。
清漏渐移④相望久，微云⑤未接过来迟。
岂能无意酬乌鹊，惟与蜘蛛乞巧丝⑥。

［注释］

①辛未：宣宗大中五年(851)，商隐年四十，时在徐幕。

②碧落：天空。

③“可要”句：可要，岂要、岂必要。金风玉露，秋风霜露，秋夕，指牛郎织女相会时。

④清漏渐移：清漏，清晰之滴漏声。渐移，指漏刻。

⑤微云：《四民月令》：“天汉中有奕奕正白气如地河之波。”

⑥“岂能”二句：《白孔六帖》：“七月七日，乌鹊填河，成桥而渡织女。”《荆楚岁时记》：七夕妇女乞巧于中庭，“有蟢子网于爪上者，则以为得巧”。蟢子，蜘蛛的一种。冯浩曰：喜鹊“填桥之功最多，岂得反厚于蜘蛛耶？”

［点评］

程梦星“以为七月二十八、九为义山悼亡之日”，可从。

此七夕，距妻逝尚有时日，而亦未料其遽逝，故咏牛女“语轻而带谑”（朱彝尊笺），当无托寓。

首二言牛女一年一度，佳期迢递，恐是仙家好别离之故。三、四以反法紧接：由来碧落银河之畔，正是夫妻相会之所，何须待金风玉露之七夕一年一度耶？五、六言牛女相望既久而后始迟迟相接，回应一、二“好别离”“故教”云。七、八推开，言既得相接相会，本应有酬于乌鹊，而何独与蜘蛛以巧丝乎？

通篇用翻案法：人生喜聚恶离，此言“好别离”；传牛女七夕一会，此言天河碧落何时不可会！两情暌隔，只是渴望会合，此言“相望久”“过来迟”；原应有酬乌鹊，此言“惟与蜘蛛乞巧丝”。诸家俱见此法，评云：“起便翻新出奇”（何义门）；“牛女渡河，本属会合；此言别离，乃诗家翻案法”（陆昆曾）；“此诗皆疑问翻案，不犯实位”（胡以梅）；“诗贵翻案，翻案始能出奇。双星故事，从来只是贪于会合，此却疑其欢喜别离”（赵臣瑗）。

临发崇让宅紫薇①

一树秾姿独看来②，秋庭暮雨类轻埃③。
不先摇落应为有④，已欲别离休更开。
桃绥含情依露井，柳绵相忆隔章台⑤。
天涯地角共荣谢，岂要移根上苑栽⑥？

［注释］

①崇让宅：王茂元宅在洛阳崇让坊。紫薇：落叶小乔木，四五月始花，至八九月，花多紫红色。
②来：句末助词，无义。
③轻埃：轻尘。
④"不先"句：宋玉《九辩》："草木摇落而变衰。"应为有，应为有我在，即紫薇为我而开，为我之观赏而不先凋落也。
⑤"桃绥"二句：桃绥，桃色丝带，以系官印，此只指桃。柳绵相忆，谓柳。前句云朝夕相依，后句云彼此相隔。张采田曰："代家室写怨。"
⑥"岂要"句：岂要，岂必、何必。上苑，指京师。

［点评］

此为大中五年(851)赴梓州东川幕前所作。按柳仲郢七月任东川节度使，约八九月辟商隐入幕，时妻逝未久，义山

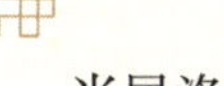

当居洛。

一言紫薇满树秾艳，“独看”见其孤寂，无人观赏。二句是紫薇背景：于秋庭暮雨独开。“庭”，崇让宅东庭。三句言时令已届深秋，紫薇本应凋谢，今更不先摇落，或因我而开，回应首句。四言已将远适，则去后又何须更开乎？五、六言桃树，柳树，桃尚相依，而柳今忆我而远隔章台。末联由愤激而强做排解，言到处同一开落，何须托根京华乎？言外已已应辟东川，又将远行矣。

赠荷花

世间花叶不相伦[1]，花入金盆叶作尘。

惟有绿荷红菡萏[2]，卷舒开合任天真[3]。

此花此叶长相映，翠减红衰愁杀人。

［注释］

①相伦：相同、相类似。

②菡萏：荷花。

③天真：自然。

［点评］

一、二言世间重花而轻叶。三、四言唯扶蕖绿叶红荷，花叶相伦；卷舒开合，任其自然耳。“惟有”二字贯下句，言唯扶蕖为花叶并重，采入金盆。五句所以申足“惟有”，言不唯卷舒自然，且长相辉映。六句惜其不永也。

《暮秋独游曲江》云：“荷叶生时春恨生，荷叶枯时秋恨成。深知身在情长在，怅望江头江水声。”可与此诗同参。此《赠荷花》当为比体，似赠王氏之作。言此间之叶原不能与花比并，唯荷之花叶长相辉映。“翠减红衰”即叶落花谢，叹夫妇双双老矣。

张采田云：“以不雕琢为工，故饶有古趣。”

送别、赠寄诗

送到咸阳见夕阳

赴职梓潼[1] 留别畏之员外同年

佳兆联翩遇凤凰[2]，雕文羽帐[3]紫金床。

桂花香处同高第，柿叶翻时[4]独悼亡。

乌鹊失栖常不定，鸳鸯何事自相将？

京华庸蜀[5]三千里，送到咸阳见夕阳。

［注释］

①赴职梓潼：梓潼郡为东川节度治所。柳仲郢镇东川，辟义山为判官。

②"佳兆"句：指与畏之相继娶茂元女事。《诗·大雅·卷阿》："凤凰于飞，翙翙其羽。"凤雄凰雌，比翼而飞也。

③羽帐：饰以翠羽之帐。

④柿叶翻时：《南史·刘歊传》："歊未死之春，有人为其庭中栽柿，歊为兄子弇曰：'吾不及见此席，尔其勿言。'及秋而亡。"

⑤庸蜀：《华阳国志》："巴、汉、庸、蜀，属益州。"

［点评］

前有《留赠畏之》，此则畏之送至咸阳留别之作，约大中五年(851)初冬。

首联言同时婚娶，同为茂元僚婿。三句云开成二年(837)同登进士第；四句言夏秋之时我独悼亡，言下而羡畏之家室完聚。五句自比乌鹊，栖无定所；六言畏之夫妻相携，琴瑟和鸣。七、八收束，言京华至梓州路途遥远，送到咸阳已是黄昏，终有一别。一去一留，刻意伤别。

宿骆氏亭寄怀崔雍崔衮

竹坞无尘水槛清①，相思迢递隔重城②。

秋阴不散霜飞晚，留得枯荷听雨声。

［注释］

①竹坞：四面竹树环合的地方。此处指骆氏亭四周竹林环抱。坞，地势周高而中凹。水槛：临水的亭榭。槛，栏杆。

②迢递：遥远。重城：长安。唐时长安有皇城、内城、外城。

［点评］

崔雍、崔衮，李商隐从表叔崔戎子。崔衮字炳章，盖取衮章明著之义。

此诗诸家笺唯推许“寄怀之意，全在言外”（香泉评），或言“下二句暗藏永夜不寐”（何义门评），或云“不言雨夜无眠，只言枯荷聒耳，意味乃深”（纪晓岚评），实皆表浅。盖此诗所蕴含不遇之叹、身世之感，全在末句“留得枯荷听雨声”。诗人宿骆氏亭，入夜听雨打荷声，物动于情，情附于物，情景相生，遂以枯荷自况：荷虽已枯，又遭雨打，而其声仍有可闻者，因为有枯荷在也。而今自己连枯荷也不如！宏博已取，又为一“中书长存”抹去；入秘书省任职校书郎，又调外补一俗吏，盖有人（如令狐绹辈）拟连根拔去而后快。故“留得”二字极须重看，言下有“留不得”之意。《红楼梦》第四十回：林黛玉道：“我最不喜欢李义山的诗，只喜他这一句：‘留得残（枯）荷听雨声。’偏偏你们又不留着残荷了。”义山以无题艳情著称，大家闺秀如黛玉者，自然要声明“最不喜欢李义山的诗”，然对“枯荷”竟至如许共鸣，则曹雪芹实以为黛玉其时之身世、处境，与李商隐有极相似之处：漂泊无依，寄人篱下，为人所不容。

诗系开成四年（839）所作，商隐年二十八，崔雍二十岁，崔衮未冠。

寄令狐郎中[①]

嵩云秦树久离居[②]，双鲤迢迢一纸书[③]。

休问梁园旧宾客，茂陵秋雨病相如[④]。

［注释］

①令狐郎中：令狐绹，时为右司郎中。郎中，六部诸司之长。

②嵩云秦树：嵩山的云，秦地的树。“嵩云”自谓，时李商隐

卜居洛下故云;令狐绹为右司郎中,居长安,因比之"秦树"。

③"双鲤"句:时李商隐患瘵恙,居洛阳养病,令狐绹有书问讯。双鲤,指书信。

④"休问"二句:梁园,汉梁孝王所建宫苑,司马相如曾客游梁,梁孝王令与诸生同舍,故亦梁园宾客。"梁园旧宾客",比自己如司马相如之客居梁园,曾为令狐楚幕僚,深受知遇。司马相如晚年卧病,闲居茂陵,而李商隐当时亦正卧病洛阳,故有末句以答。

[点评]

此以诗代柬,答令狐绹书问。商隐一生为令狐绹所遏,沉沦使府,均在大中年间牛党得势之时。此诗作于会昌五年(845)秋间,时李德裕秉政,故当商隐闲居卧病,令狐绹始有书问讯。

首言长安、洛阳,两地离居;二感不远千里寄书存问;三句以"梁园旧宾客"隐含往昔与令狐一家之亲密情谊;四句始及自己当前的处境、心情,内涵十分丰厚,直可当一篇言情尺牍:有叙说、抒忆、感激以及对往昔交谊之深沉怀念。

会昌年间,李德裕秉政,令狐绹不仅未因牛党之故而被排斥,且两度升迁。此为令狐绹可致书存问、与商隐言好之政治基础。诗中流露对令狐之深挚厚谊,是李商隐不以党见视令狐之明证。

西南行却寄相送者[1]

百里阴云覆雪泥，行人只在雪云西。

明朝惊破还乡梦，定是陈仓碧野鸡[2]。

［注释］

①相送者：畏之送至咸阳，义山有留别之作。此则自咸阳西南行而寄畏之。

②碧野鸡：隋陈仓县，唐至德二年(757)改为宝鸡县。据《史记·封禅书》载：秦文公狩猎于陈仓板城，获若石之物，祀之。其神来常以夜，光辉若流星，其声殷殷如雄鸡，故名宝鸡。

［点评］

此诗妙在将地名、传说与明朝鸡声糅合在一起，而写明朝梦中，恍在京华。然为鸣声惊破还乡之梦，始知此身已至宝鸡。未至而思归，反点羁旅行愁，心系京华。纪晓岚评：“以风致胜。诗固有无所取义而自佳者。”又云：“着眼在‘还乡梦’三字，却借陈仓碧鸡反点之，用笔最妙。”

访隐者不遇成二绝

秋水悠悠浸野扉，梦中来数觉来稀[①]。
玄蝉声尽叶黄落，一树冬青[②]人未归。

城郭休过[③]识者稀，哀猿啼处有柴扉。
沧江白石樵渔路，日暮归来雨满衣。

［注释］

①“梦中”句：数，屡、频。稀，此处为模糊义。
②冬青：《本草图经》：“女贞凌冬不凋，即今冬青木也。”
③城郭休过：言隐者平生不入城郭。《后汉书·逸民列传》：庞公（亦作德公、庞德公）：“居岘山之南，未尝入城府。夫妻相敬如宾。荆州刺史刘表数延请，不能屈。”休过，不过。

［点评］

首章一、二言梦中频到隐者居处，但见悠悠秋水，映照其门，然醒来回味其处，又甚为模糊。此言梦中之境。三、四实境，言其至也，则蝉去叶落，唯一树冬青。“人未归”点题中“不遇”字。一虚一实，写得空灵脱俗，确是隐者所居。末句有远神。

次章一、二拟想之辞。一句揣度隐者不入城郭，因识者自稀。二句猜想其当至云深猿啼之处，彼处当更有“柴扉”也。郭璞《山海经》注：“猿鸣，其声哀。”三、四写空寂久等，冒雨自归。“沧江白石”，南方景物，又归于“樵渔路”上，当是丧失家道后，晚年东川幕作。

义山悼伤后，心境凄寂，每作“清凉山行者”之想。此“访隐者”或即其心灵之外化，而借“隐者”寄托其归隐出尘之思，所谓“世界微尘，绝弃爱憎”也。可与《北青萝》同参。

赠白道者①

十二楼②前再拜辞，灵风正满碧桃枝③。

壶中④若是有天地，又向壶中伤别离。

［注释］

①白道者：白道士。

②十二楼：道观，屡见。

③灵风碧桃：仙风仙桃，道观前景象。

④壶中：《云笈七签》：“施存，鲁人，学大丹之道。遇张申，为云台治官，常县一壶，如五升器大，化为天地，中有日月，夜宿其中，自号壶天。”

[点评]

此留赠白道士。一言白道士于道观前再拜辞别。二叙拜别时观前景象。碧桃、灵风,点时在春日。《重过圣女祠》:“一春梦雨常飘瓦,尽日灵风不满旗。”三由白道士而及于壶公悬壶。四由拜辞伤别而及于壶天伤别。言钟情之如我辈,则人天皆然;人生天地间,则无可逃于情者也。屈复曰:“神仙亦不能无别离之情,而况我辈情之所钟乎?”朱彝尊评三、四云:“奇想。”

寄裴衡[1]

别地[2]萧条极,如何更独来?
秋应为黄叶,雨不厌青苔。
沈约只能瘦[3],潘仁岂是才[4]。
离情堪底寄[5],惟有冷于灰。

[注释]

①裴衡:裴衡字无私。《樊南文集》有《代裴无私祭文》。义山仲姊适裴氏,衡或其亲族。
②别地:指昔时惜别之地。
③“沈约”句:《南史·沈约传》载:沈约有志台司,梁武不用,

以书陈于徐勉，言已老病，革带常须移孔。

④“潘仁”句：《晋书·潘岳传》：“潘岳少以才颖见称。”

⑤堪底寄：有何可寄。底，何。

［点评］

冯浩注引徐武源曰：“潘仁句用悼亡，裴或其亲亚欤？”刘学锴云：“‘潘岳岂是才’，犹言‘潘仁只是哀’，似作于王氏新亡后。”可从。一、二言己不当重来昔日别地，别地今何等萧条！三、四补足“萧条”：秋风秋雨，黄叶飘零，青苔遍地。五、六言己悼伤之后，瘦如沈约，哀似潘仁。七、八言因独来萧条别地而忆昔别裴衡，离情满怀，今何可寄！唯有一片灰冷之心。冯浩评曰：“情之萧条，较地尤甚矣。逐层剥进，不堪多读。”张采田曰：“结句回应，章法极完密，非率笔可拟也。”

及第东归次灞上却寄同年①

芳桂当年②各一枝，行期未分压春期③。

江鱼朔雁长相忆④，秦树嵩云⑤自不知。

下苑⑥经过劳想象，东门送饯又差池⑦。

灞陵柳色无离恨，莫枉长条赠所思。

[注释]

①及第东归:义山开成二年(837)进士及第,三月东归济源省亲。灞上,在长安东三十里。

②芳桂:指登第。当年,正当妙年。

③分:读去声,料、料想。压春期,冯浩曰:"在春梢,故曰'压'。"

④"江鱼"句:用鱼雁传书事,言虽音信可通,然彼此阻隔,只能相忆而已。

⑤秦树嵩云:指同年留在长安而己则东归洛下。秦,长安;嵩,济源,在洛中,南有嵩山。云、树,喻两地相思之情。杜甫《春日怀李白》:"渭北春天树,江东日暮云。"

⑥下苑:曲江。

⑦差池:《诗·邶风·燕燕》:"差池其羽。"此指分离。

[点评]

此同年未详,意或韩瞻。诗人及第东归省母,而同年则留长安,彼此分离,故有"江鱼朔雁""秦树嵩云"之谓。五、六旧解多误。刘学锴、余恕诚笺:"二句谓曲江之会,已成追忆,惟供异时之想象回味;今日同年东门设宴饯行,依依话别,正如双燕之差池。"末云己与同年虽两地差池而无效小女子态"共沾巾",故亦无须枉折柳条以赠我也。

王鸣盛云:"不过寻常叙别语,亦必用如许曲致。义山之思深,而解者(按指冯浩)之悟微,两得之。"姚培谦笺云:"对此灞桥柳色,彼岂能知人离恨耶?翻觉折赠之为俗况矣。"亦可备一说。

送崔珏[①]往西川

年少因何有旅愁，欲为东下更西游。
一条雪浪吼牛峡，千里火云[②]烧益州。
卜肆[③]至今多寂寞，酒垆[④]自古擅风流。
浣花笺纸[⑤]桃花色，好好题诗咏玉钩[⑥]。

［注释］

①崔珏：崔珏字梦之，大中进士，存诗一卷。有《哭李商隐》诗云："虚负凌云万丈才，一生襟抱未曾开。"可谓义山知己。
②火云：夏时之云，俗称火烧云。杜甫《三川观水涨》："火云无时出，飞电常在目。"
③卜肆：《汉书·严君平传》载：君平卜筮成都，日阅数人，得百钱足自养即闭肆下帘。
④酒垆：用相如文君事，屡见。
⑤浣花笺纸：元和初蜀妓薛涛居浣花溪旁，以潭水造深红小彩笺。见《寰宇记》。
⑥玉钩：指宴饮中藏钩之戏。玉钩，酒钩，用汉武钩弋夫人事。

［点评］

崔珏为义山知交，本欲沿江东下，无奈却作西川之游，故有旅愁。李商隐于赴桂途经江陵巧遇崔,作诗送之、慰之。起以问语出之,言年少不应有旅愁。下三句倒折,申述旅愁原因。纪晓岚笺:"此言己之流离老大,有愁固宜,年少乃亦旅愁,从何处有耶?"又云:"'欲为'三句正是旅愁之故。"二联"一条""千里","雪浪""火云","巫峡""益州",皆属对精巧。陆昆曾《李义山七律诗解》云:"'巫峡'一联,不过写景,著'吼'字、'烧'字,便不平庸,然又极稳妥。"下半慰之之词。五句是宾,六句是主,言无须问君平之寂寞,但看相如之风流,是可游乐也。七、八句则进一步慰之:还有浣花笺纸足供吟咏。陆昆曾以为末联"收拾中四句作结,此诗家大开大阖法也"。

赠刘司户蕡①

江风吹浪动云根②,重碇③危樯白日昏。

已断燕鸿初起势④,更惊骚客后归魂⑤。

汉廷急诏谁先入⑥?楚路高歌意欲翻⑦。

万里相逢欢复泣,凤巢西隔九重门⑧。

[注释]

①刘司户蕡:刘蕡字去华,幽州昌平人。太和二年(828),策试贤良方正直言极谏,切论黄门大横,将危宗社。宦官深嫉

之,诬以罪,贬柳州司户参军。

②云根:指石。宋孝武《登乐山》:"积水溺云根。"

③重碇:系舟之石墩。

④"已断"句:蕡,昌平人,属燕,故以燕鸿称之。断其初起之势,言其对策下第。

⑤骚客:骚客刘蕡自柳州放还途中,时在楚地,故称"骚客"。

⑥"汉廷"句:用文帝征贾谊事。刘学锴、余恕诚曰:"'谁先入'与四句'后归'相应。谓朝廷急诏征回者虽不乏其人,蕡独后归。"

⑦翻:摹写,歌唱。

⑧"凤巢"句:《帝王世纪》:"黄帝时,凤凰止帝东园,或巢于阿阁。"九重门,《九辩》:"君之门兮九重。"

[点评]

商隐越年有《哭刘蕡》诗云:"黄陵别后春涛隔。"是义山与刘蕡此次相遇在黄陵。黄陵,山名,在今湖南湘阴,近湘水入洞庭湖处。据刘学锴、余恕诚考证,刘蕡自柳州放还而商隐自南郡返桂,二人相遇于江乡,故诗当作于大中二年(848)春正。

上半兴而兼比。首句就眼前湘水即景写起,兴也;而风浪掀石,又比阉官之势盛。二句取"白日昏"义,以比朝廷蔽于小人。刘蕡,燕人,故以燕鸿喻之。燕鸿初起,特指太和二年(828)刘蕡应贤良方正科;因对策猛烈抨击宦官而落选,故又云"已断"。"后归魂",言朝廷急诏征回者不乏其人,而蕡独后归。"初起"即被断,归又独后,见蕡之坎坷,亦以示商隐对友人之同情与不平。从"后归"又启下句之"急诏",

是下半抒慨，回归本位。意刘蕡因诏入京，故“楚路高歌”，冀有升迁之望，可欢也；然君门万重，凤巢西隔，又可泣也。纪晓岚评曰：“只‘凤巢西隔九重门’一句竟住，不消更说，绝好收法。”

汴上送李郢[1] 之苏州

人高诗苦滞夷门[2]，万里梁王有旧园[3]。

烟幌自应怜白纻[4]，月楼谁伴咏黄昏。

露桃涂额依苔井，风柳夸腰住水村[5]。

苏小小[6]坟今在否，紫兰香径与招魂[7]。

［注释］

①李郢：字楚望，长安人，大中十年(856)进士，诗调清丽。

②夷门：《史记·信陵君列传》：“侯嬴年七十，家贫，为大梁夷门监。”此以侯嬴比李郢，并切汴上。

③梁王旧园：《西京杂记》：“梁孝王好宫室苑囿之乐，筑兔园。”此指李郢旧在汴幕。

④白纻：吴歌有《白纻歌》《白纻曲》。《宋书·乐志》：“纻本吴地所出，宜是吴舞也。”

⑤“露桃”二句：傅休奕《桃赋》：“华升御于内庭兮，饰佳人之令颜。”梁简文《桃花》：“飞花入露井。”露桃涂颊，风柳夸腰，

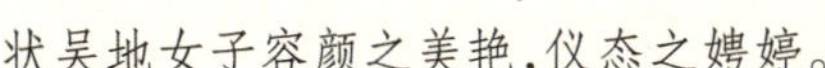
状吴地女子容颜之美艳,仪态之娉婷。

⑥苏小小:钱塘名娼,南齐时人。

⑦与招魂:为我招其魂魄。与,为。

[点评]

此诗作年,刘学锴考证翔实,为大中四年(850)春,商隐奉使入京途经汴州与李郢相逢而作。首句言郢人高诗苦而留滞“夷门”,点汴上。时郢未第,故以侯生家贫不达喻之。二句“万里”点苏州,言苏州有郢旧时幕主在。三、四拟想郢至苏州,虽可倚烟幌,赏清音,然楼上月中孤寂一人而无知音相伴。五、六言唯吴娃之桃颊柳腰可慰思苦寂寞。七、八宕开一步,言郢至苏州当访苏小小坟头,代我一招其魂。

七、八当有寄托,然未可坐实,或亦“桃根”“桃叶”之流。张采田曰:“露桃涂颊,风柳夸腰,虽预写苏州景物,实则暗寓义山往日所思之人。盖其人流转江乡,殁于吴地,有《河内诗》及《和人题真娘墓》诗可证,所以结句属其代为招魂也。”

梓州罢[①] 吟寄同舍

不拣花朝与雪朝[②]，五年从事霍嫖姚[③]。

君缘接座交珠履，我为分行近翠翘[④]。

楚雨含情皆有托[⑤]，漳滨多病竟无憀[⑥]。

长吟远下燕台[⑦]去，惟有衣香染未销[⑧]。

［注释］

①梓州罢：柳仲郢罢东川镇在大中九年(855)。
②"不拣"句：不拣，不论。花朝雪朝，花晨雪晨，代指春冬。
③霍嫖姚：霍去病，曾任嫖姚校尉，此借指府主柳仲郢。
④"君缘"二句：珠履，指上客。翠翘，妇女发饰，借指营妓。
⑤"楚雨"句：言己诗虽多艳情，然皆有所寄托。"楚雨含情"，以比艳诗。
⑥"漳滨"句：以刘桢婴沉痼疾自比。言已在幕府多病，无所依托。
⑦燕台：用燕昭王筑黄金台招贤事，借指东川幕。
⑧"惟有"句：用荀令君"坐处三日香"事。意谓我唯怀座主之恩德，永志不忘也。

［点评］

此梓州府罢，吟此以赠同舍，大中九年(855)作。一、二言自春经冬，五年从事梓幕。三、四互文，言不论上客、营妓，我与君等皆曾交之、近之。言外非仅我特近翠翘也。似同舍中有人以义山诗多言艳情而讥之，故五句紧接“楚雨含情皆有托”，言我虽有艳情之作，然多为美人香草，有所寄托。楚雨含情，借神女巫山事以喻艳情之作。六句进一层，言五年梓幕，亦因多病无憀，未尝多与乐营宴舞，交接乐妓。七、八就“梓州罢”作结，言从此皆别梓幕而去，然府主之恩义犹未能忘怀也。

感怀诗

古来才命两相妨

滞　雨

滞雨[1]长安夜，残灯独客愁。

故乡云水地[2]，归梦不宜秋。

［注释］

①滞雨：久落不停之雨。滞，淹留。
②云水地：荥阳在黄河南岸，又有浮戏、嵩高之山，秋水东逝，山间云流，故云“云水地”。

［点评］

此雨阻长安，思乡之作。首句切题，“夜”字起二句“残灯”。二句灯残客独，故乡愁袭来。三、四言故乡云水萦绕，此秋云、秋水，最易牵客子羁愁，即便梦归故里，亦不宜秋夜。老杜《登高》云：“万里悲秋常作客。”义山滞雨长安，羁客孤愁，想故乡秋云、秋水，今如此秋夜，更易引悲秋之情，是所以“不宜秋”也。

纪晓岚评：“运思甚曲，而出以自然，故为高调。”所谓“运思甚曲”，正诗人不正言滞雨悲秋，而反言不宜秋日归乡，即便“归梦”，亦不宜秋天，是“偏愁到梦里去”，更显乡愁之浓！

早 起

风露澹[1]清晨，帘间独起人。

莺花啼又笑，毕竟是谁春？

［注释］

①澹：安闲恬静。《广雅·释诂一》："澹，安也。"《广雅·释诂四》："澹，静也。"《释文》："澹，恬静也。"

［点评］

诗言己于清晨帘间独起，安闲恬静，见莺啼婉转，春花怒放，然此春物毕竟为谁，言下如此春物，非我有也。

考义山一生，可谓春物昌荣而非其所有，当是武宗会昌时期。此期间正卫公当政，王茂元出镇陈许，未久又以书判拔萃，重入秘书省，所谓"莺啼花又笑"也。然其后（会昌二年，842）即因母丧居家，又其后（会昌三年，843），茂元卒、徐氏姊夫卒，又其后（会昌四年，844）移家永乐，所谓"我独丘园坐四春"（《春日寄怀》）也。会昌仅六年，而"遁迹丘园，前耕后饷"达四年，大好"春光"几失。迨会昌五年（845）十月服阕入京，重官秘书省正字，而六年（846）三月武宗遽崩，李德裕、郑亚等贬斥，则"春光"全失矣。故此有"毕竟是谁春"之叹。徐增《而庵说唐诗》云："人言义山诗是艳体，此作何

等平澹，岂绚烂之极耶？”

诗当作于移家永乐，约会昌四年（844）或五年（845）春间。

高　花

花将[1]人共笑，篱外露繁枝。

宋玉临江宅[2]，墙低不拟窥[3]。

［注释］

①将：张相《诗词曲语辞汇释》云：“将，犹与也。”李白《月下独酌》：“暂伴月将影，行乐须及春。”

②临江宅：《渚宫故事》：“庾信因侯景之乱，自建康遁归江陵，居宋玉故宅。”庾信《哀江南赋》：“诛茅宋玉之宅，穿径临江之府。”

③“墙低”句：宋玉《登徒子好色赋》：“然此女登墙窥臣三年，臣未之许也。”此反其意。

［点评］

此偶见篱外“高花”，有感而发，非咏花也。宋玉，义山自比。高花，或谓喻身份高贵之女子。云我宅墙低，虽可窥此“高花”，然“不拟窥”也。言外高者自高，低者自低，我未必“窥”汝也。或谓高花喻高品京职，亦通。余谓此“高花”

可比宏博，可比令狐，要之，义山有感于人情冷暖，虽时有陈情，然自有一身傲骨。“不拟窥”乃全诗主意，言我门墙虽低，并不高攀。故姚培谦评曰：“身份自高。”

天 涯

春日在天涯，天涯日又斜。

莺啼如有泪，为湿最高花[①]。

［注释］

①最高花：暮春高枝之残花。

［点评］

诗中天涯当喻指梓幕。言花不开在京华，而开在天涯，更兼斜阳残照，莺啼花阑。我之应辟梓幕，远离京华，更兼迟暮之悲，何以为怀！三、四忽发为痴语，问莺啼可否有泪，则倩汝啼莺为我一洒残花也。杨智轩评：“意极悲，语极艳，不可多得。”屈复曰：“不必有所指，不必无所指，言外只觉有一种深情。”

夕阳楼

在荥阳。是所知今遂宁萧侍郎[1]牧荥阳日作。

花明柳暗绕天愁，上尽重城更上楼[2]。
欲问孤鸿向何处，不知身世自悠悠[3]。

[注释]

①萧侍郎：萧澣，文宗时曾任郑州刺史，于荥阳建夕阳楼。李商隐家居荥阳，深受知遇。后萧贬遂宁司马，诗人登夕阳楼感怀而作。

②重城：高城，夕阳楼其上。

③悠悠：漂泊不定而忧思感发。

[点评]

文宗大和七年(833)三月，萧澣贬郑州刺史。八年(834)十二月入为刑部侍郎。九年(835)七月，贬为遂州刺史，八月再贬遂州司马。《序》称“今遂宁萧侍郎牧荥阳日作”，则当作于大和七年萧澣任郑州刺史时，而于大和九年萧再贬遂州时补《序》，故云“今遂宁”。

按大和七年二月，李德裕入相。据《南部新书》载，时牛党羽翼杨虞卿、张元夫、萧澣为党魁，故三月文宗贬杨常州，贬张汝州,贬萧郑州。是年春间,商隐首举进士试,为知举贾悚所不取,返荥阳家中。荥阳为郑州东甸,因得以拜谒萧澣。时商隐年二十二。萧为仕途坎坷,李以举场失意,“同是天涯沦落人”。故当商隐拜谒萧澣时,宾主极为款洽,此所以小《序》称萧为“所知”。

花明柳暗,春光自好,而在失意人眼中,却是愁绪绕天。黄昏登夕阳楼,遥望远天,宇下苍茫,自有“身世悠悠”之感。而天际征鸿一点,更触动满腹愁思;因己而及于所知萧澣,被贬郑州,不亦似此孤鸿! 冯浩云“自慨慨萧”,极是。《隋书·卢思道传》载:思道仕途蹭蹬,“迁武阳太守,非其好也”,因作《孤鸿赋》以自慰。《赋》有云:“忽值罗人设网,虞者悬机;永辞寥廓,蹈迹重围。始则窘束笼樊,忧惮刀俎,靡躯绝命,恨失其所……”三、四句暗用《孤鸿赋》典故,借孤鸿“恨失其所”以比己之失意、萧之迁落;“欲问”切萧,“不知”切己。无论萧、己,同是失意,此为心有所系,情有同构,故引发深切之共鸣。屈复解为“言萧公不能荐达”,非是。

任弘农尉献州刺史乞假归京[①]

黄昏封印点刑徒[②]，愧负荆山入座隅[③]。

却羡卞和双刖足，一生无复没阶趋[④]。

［注释］

①乞假归京：以诗代辞呈，即辞去弘农尉。活狱，即救活死囚。时虢州刺史为李景让，其任州刺史约当开成末（839—840）。

②封印：旧时官署岁暮停止办事谓之封印。

③"愧负"句：弘农县治在今河南灵宝市东北故函谷关城，与荆山相对，故云"入座隅"。

④"却羡"二句：卞和泣玉乃楚之荆山，称南条荆山，与河南灵宝荆山无涉。此以同名荆山而联想及之。没阶趋，走尽石阶，又快快地往前走，指古代拜迎上司的卑屈礼节。《论语·乡党》："没阶趋进。"没，尽、完。二句意谓却羡卞和双足被刖，一生不须再向人卑躬屈膝。

［点评］

县尉主治安，负责缉捕盗贼、监管"刑徒"。《旧唐书》本传所谓"'活狱'忤观察使孙简将罢去"，指李商隐在县尉任内救活无辜的狱囚而得罪了上司孙简，以"乞假归京"为借口准备辞职返家。李商隐同情人民疾苦，其“活狱”而忤孙简正是他进步历史观的反映。其《行次西郊作一百韵》云：“依依过村落，十室无一存；存者背面啼，无衣可迎宾。”又云：“盗贼亭午起，问谁多穷民。”他认为所谓“盗贼”，大多是无法生活的贫苦人民，为了活命拿一点东西，罪不至死，这是他救活死囚的思想基础。故而与上司孙简意见相左而将被罢尉，他反而觉得一身轻松，从而不必再对上司趋走跪拜。“愧负荆山”，即有愧于卞和：穷颜低意、阿谀奉迎甚于伤足，语极沉痛。一个县尉不能按自己的认识行事，在其位，不能行其政，不辞何为？高适《封丘尉》云：“拜迎官长心欲碎，鞭挞黎庶令人悲。”与此同一机杼，不能纯以调补俗尉抑郁不得志目之。

岳阳楼

欲为平生一散愁，洞庭湖上岳阳楼。

可怜[①]万里堪乘兴，枉是蛟龙解覆舟[②]。

［注释］

①可怜：可喜。

②枉，徒然。解，会、能。不解饮，不会饮、不能饮。

［点评］

作于大中元年（847）赴桂途中。李商隐约四五月间，南出长江进入洞庭前，当驻足岳州（今岳阳）登岳阳楼，诗为旅程抒怀。

李商隐丁母忧，会昌五年（845）十月服阙入京，重官秘书省正字。与释褐校书郎相较，官阶反降。明年武宗暴崩，朝局反复，牛党执政，秘书省非商隐长留之处，故应郑亚辟南赴桂州。登岳阳楼，正是“欲为平生一散愁”，一、二两句倒装。三、四言万里赴桂可为乘兴而来，即便蛟龙覆舟，也是徒然。言外有不畏蛟龙之覆舟也。蛟龙，寓比牛党。本受党人排挤，长路风波，却用反托晦之，故倍极凄痛含蓄之致。

或以为是篇所作已历洞庭风波之险，不确。岳阳楼在岳州，为长江至洞庭入口处，赴桂须先至岳州，然后泛洞庭逆湘水，经灵渠而转漓江始至桂州，不可能先泛洞庭而后再折回登楼。

楚　吟

山上离宫宫上楼，楼前宫畔暮江流。

楚天长短黄昏雨[①]，宋玉无愁亦自愁[②]。

[注释]

①长短:《吕氏春秋·明理》:“夫乱世之民,长短颉牾百疾。”高诱注:“长短者,无节度也。”引申如今俗谓横竖、反正、上下、左右、总是之意。

②“宋玉”句:用宋玉悲秋“贫士失职而意不平”意。《九辩》:“余萎约而悲愁。”

[点评]

大中二年(848)秋,桂州罢幕归程于江陵作。冯浩曰:“吐词含珠,妙臻神境,令人知其意而不敢指其事以实之。”一句登楼送目,二楼前宫畔,唯有暮江东流。子在川上曰:“逝者如斯夫,不舍昼夜。”见年华似水,时光不再,而以复叠吐珠,连环出之。三句远眺,无非暮雨苍茫。不论暮江东逝,抑或楚天梦雨,均足引发愁绪,故末托宋玉悲秋,点破胸愁。此等诗妙臻神境,不必指实其事,更佳。

日 日[1]

日日春光斗日光,山城斜路杏花香。

几时心绪浑[2]无事,得及游丝[3]百尺长?

[注释]

①日日:题一作《春光》,或作《春日》。

②浑:全。

③游丝:蜘蛛或青虫春日吐丝,在风中飘扬者。

[点评]

诗中有“山城”字,似桂林幕中作。

一、二言春光烂漫,日日与春阳争妍斗艳,更兼漫步山城,山路蜿蜒,杏子飘香。义山仕宦失意,然后从郑亚至桂州,如此清闲漫步于山城斜路,心绪自佳。然漫步遣愁,刹那间事;心中“有事”,自不可解。故三句一转:何时而心中全无俗事牵挂,得似游丝随意飘扬者! 何义门评曰:“惊心动魄之句!”姚培谦曰:“茫茫身世,痛喝多少!”此诗之妙,全在意绪,若诗语则皆在有意无意中。故田兰芳云:“不知佳在何处,却不得以言语易之。”

霜　月

初闻征雁[1]已无蝉,百尺楼南水接天。

青女素娥[2]俱耐冷,月中霜里斗婵娟[3]。

[注释]

①征雁:飞雁。

②青女素娥:《淮南子》高诱注:“青女,青腰玉女,主霜雪也。”素娥,嫦娥,月色白,故曰素娥。谢庄《月赋》:“引玄兔于帝台,集素娥于后庭。”

③婵娟:色态妍美。

[点评]

一句蝉咽雁飞,暮秋风急。二句登高南眺,霜月如水。水,喻指霜华,与皎洁之秋空一色,故云“水接天”。“百尺楼”隐含高远之志。义山用此以抒寄自己“忧国忘家,有救世之意”,所谓“匡国之心”。然蝉咽雁征,秋高霜冷,“高处不胜寒”!纪晓岚云:“首二句极写摇落高寒之意,则人不耐冷可知。却不说破,只以青女、素娥对照之,笔意深曲。”所谓“对照”,一以青女素娥之“耐冷”与己之不耐高寒相对,一以己之“忧国忘家,有救世之意”,与青女素娥之寒中斗妍争艳相照,寄托遥深。屈复曰:“三、四霜月中犹斗婵娟,何其耐冷如此!吾每见世乱国危,而小人犹争权不已,意在斯乎?”屈笺可谓探得义山心曲。《幽居冬暮》云:“如何匡国心,不与夙心期。”义山之高情远志未申,匡国之心难期,正是此辈小人借朋党之争排摈所致。

宫 辞

君恩如水向东流，得宠忧移失宠愁。

莫向尊前奏花落[①]，凉风只在殿西头[②]。

［注释］

①花落：即《梅花落》。

②“凉风”句：江淹《杂体三十首》之三：“窃愁凉风至，吹我玉阶树。君子恩未毕，零落在中路。”又，凉风，秋风，用班婕妤事，《团扇歌》云：“常恐秋节至，凉飚夺炎热。”

［点评］

一、二言君恩如水，岂能长在。二云失宠固忧，得宠亦忧。三、四劝其邀宠者，莫恃恩娇妒，凉风一至，秋扇见捐，则所谓“恩情”者，亦中道绝矣。屈复曰：“被宠者自当猛省！”纪晓岚曰：“怨之至矣，而不失优柔之意，余音未寂。”

有　感

中路因循我所长[1]，古来才命[2]两相妨。

劝君莫强安蛇足，一盏芳醪不得尝[3]。

［注释］

①“中路”句：中路，途中。此指人生之途。宋玉《九辩》：“然中路而迷惑兮，自压按而学诵。”因循，王锳《诗词曲语辞例释》：“因循，悠游闲散之意，与习见之‘因袭’‘苟且’义不同。”此处为因其天理，顺其固然之意。
②才命：才，指才华，才学；命，命运，运气。纳兰性德《金缕曲》“信古来才命真相负”本此。
③“劝君”二句：用画蛇添足事，《战国策·齐策》云：“为蛇足者终亡其酒。”故曰“芳醪不得尝”。芳醪，美酒。

［点评］

此诗主旨乃感叹人生有才无命，与命抗争者，即强安蛇足，愤激语也。冯浩以为“芳醪”喻宏博、校书，未确。诗中言“中路”，感慨人生途中事，当非少年时，而更似晚年回顾一生之感叹。

一、二言人生途中因循其固然之道原我之本性，言下己原非奔竞趋利之徒；无奈自古以来有才无命者多矣，故而亦曾逆固然而不堪认命。三、四句中“强安蛇足”即未因天理，未循固然之谓。庄生云“因其固然”“顺其天理”，则恢恢乎游刃有余(《养生主》)。而我芳醪未尝，乃逆此而行也。诗面似自责，实为愤激嫉俗之语。

有　感

非关宋玉有微辞①，却是②襄王梦觉迟。

一自高唐赋③成后，楚天云雨尽堪疑④。

［注释］

①微辞：《公羊传·定公元年》：“定、哀多微辞。”孔广森《通义》：“微辞者，意有所托而辞不显，惟察其微者，乃能知之。”《登徒子好色赋》：“登徒子短宋玉曰：‘玉为人体貌闲丽，口多微辞，又性好色，愿王勿与出入后宫。’”

②却是：正是。

③高唐赋：宋玉作，述楚襄王梦与神女欢会事，意在托讽，故上句云“梦觉迟”。

④“楚天”句：楚天云雨，指男女欢会之作。意谓自宋玉《高唐赋》述襄王、神女巫山云雨以讽谏之后，举凡艳情之作尽被疑为有所托讽。

[点评]

此诗以宋玉自况，襄王当是泛指。一、二言我诗虽似宋玉，有微辞托讽，然盖因“襄王”之沉迷艳梦。“非关”“却是”言我之微辞乃不得不然。三、四言岂知恋、艳之诗一出，则举凡此类诗作尽被疑为有所托讽。此诗明言：我《无题》诸作，虽有些小托讽，然并非全是；别将“楚天云雨”之诗尽当托寄之作也。

幽居冬暮

羽翼摧残日①，郊园寂寞时。

晓鸡惊树雪，寒鹜守冰池。

急景②倏云暮，颓年浸③已衰。

如何匡国④分，不与夙心⑤期？

[注释]

①羽翼摧残：喻不能高飞。

②急景：时光短促。

③浸：渐。

④匡国：匡正国家。

⑤夙心：犹夙志，平素之志。“不与”云云，言与平素之志相

违。

[点评]

首联云罢官幽居，二联以“雪”“冰”点冬，三联衰暮，结应起句，然匡国理政之心犹未尝忘也。纪晓岚云：“浑圆有味。无句可摘，而自然深至。此火候纯熟之后，非可以力强也。”

晚　晴

深居俯夹城[①]，春去夏犹清。
天意怜幽草[②]，人间重晚晴[③]。
并[④]添高阁迥，微注小窗明。
越鸟巢干后，归飞体更轻。

[注释]

①夹城：大城外之小城围，遮拥于城门之外，即瓮城，亦称瓮门。

②幽草：深茂的草丛。

③晚晴：晚霁，傍晚而天色转晴。此寓望晚岁或能有成，言外此前皆苦雨也。冯浩曰：“深寓身世之感。”

④并：更，益。

[点评]

二联名句，情与景、景与理浑融无迹，虽为自解自慰，而人生哲理在焉。七、八自喻，有寄托，似言待桂州事毕归京，当令人愉悦。纪晓岚以为“末句结‘晚晴’，可谓细意熨帖，即无寓意亦自佳也”。

北　楼[①]

春物岂相干，人生只强欢[②]。
花犹曾敛夕，酒竟不知寒[③]。
异域东风湿[④]，中华上象[⑤]宽。
此楼堪北望，轻命倚危阑。

[注释]

①北楼：在桂林。
②“春物”二句：春物，春日之景物。二句言己背阙抛家，到此异域，日日惟强作欢颜，春物于我岂相干哉！
③“花犹”二句：叶嘉莹曰：“花犹然如此，而酒却竟然如彼……”意谓桂林之花朝开暮落，桂林春暖，饮酒竟未觉饮前曾有寒意。敛夕，言花至夕暮即收缩萎谢。
④湿：潮润。

⑤上象:《南齐书·海陵王纪》:"功昭上象。"《云芨七签》:"一天之上,更属上象。"

[点评]

此大中二年(848)春日登桂州北楼北望京华思入长安之作。前四句一自胸中流出,气势浑成流走。五、六气格亦大。朱彝尊曰:"湿字奇。"七、八言望归之切,至于轻命,无限凄痛。归思与望阙并具。

夜 饮

卜夜容衰鬓[①],开筵属异方[②]。

烛分歌扇泪[③],雨送酒船[④]香。

江海[⑤]三年客,乾坤百战场。

谁能辞酩酊,淹卧剧清漳[⑥]。

[注释]

①"卜夜"句:《左传·庄公二十一年》:"饮桓公酒,乐。公曰:'以火继之。'辞曰:'臣卜其昼,未卜其夜,不敢。'"后因以夜饮为卜夜。意谓以衰鬓之身而忝与夜饮。

②属异方:属,正值。异方,指东川梓幕。

③"烛分"句:此句可读为"歌扇分烛泪",分,分沾、染上。意

谓舞女挥动歌扇，在烛影摇晃中翩翩而舞，歌扇上都沾染上烛泪。

④酒船：亦作金船，大酒器。

⑤江海：江湖。

⑥“谁能”二句：刘桢《赠五官中郎将》：“余婴沉痼疾，窜身清漳滨。”意谓谁能如刘桢淹卧清漳之滨而辞此夜饮！剧，甚于。

［点评］

此以衰病之身而强与夜饮，有感而作。据“江海三年客”，则作于大中七年(853)。

五、六名句，绝似老杜。言三年客蜀，天地乾坤一似于苦搏之所，亦世事唯艰之谓。纪晓岚评：“五、六高壮，使通篇气力完足。”又曰：“五、六沉雄。”又云：“王荆公极推此五、六句，通体亦皆老健。”

风　雨

凄凉宝剑篇[1]，羁泊欲穷年[2]。

黄叶仍[3]风雨，青楼[4]自管弦。

新知遭薄俗，旧好隔良缘[5]。

心断新丰酒[6]，消愁斗几千？

［注释］

①宝剑篇：一作《古剑篇》，唐前期名将郭元振作，有"虽复尘埋无所用，犹能夜夜气冲天"句，寓怀才不遇与郁勃不平之气。

②"羁泊"句：羁泊，羁旅漂泊。穷年，尽年、终老。

③仍：更兼。

④青楼：古谓美女所居楼阁曰青楼。此转指显贵之家，非指妓院。

⑤"新知"二句：新的知己已遭薄俗诋毁，旧日相好却又关系疏远。薄俗，轻薄之俗。

⑥"心断"句：心断，念极、想煞，念念不能忘之意。新丰酒，新丰酒美。此暗用马周事。《旧唐书·马周传》载：马周过新丰逆旅，命酒独酌，后得太宗赏识，授监察御史。

［点评］

据"穷年"字，当是暮年所作。一句借高吟郭元振《宝剑篇》，抒发怀才不遇和抑郁不平，言每吟之即生凄怆之感。二句倒接，申足所以凄凉之由，乃一生至穷年暮齿，仍羁旅漂泊。张采田笺："不能久居京师，翻使穷年羁泊。"三、四切题，兴而兼比。诗题《风雨》，实由眼前风雨起兴，又以比一生坎坷，风雨叠至。更兼黄叶飘零，无所依托。四句比照三句，言己之羁泊犹自羁泊，他人显贵犹自显贵。青楼、黄叶，设色映衬；管弦、风雨，绘声相照，对仗精切。五、六言"新知"遭毁，旧好疏隔，一无知己援手。七、八"新丰酒"双关，言安得新丰美酒以消忧解愁，又暗用马周事，言外马周当年处新丰逆旅，有太宗赏识，而我何一世羁泊？

此诗论者极赏“自”字。纪晓岚云：“神力完足，‘仍’字、‘自’字，多少悲凉。”薛雪云：“老杜善用‘自’字，李义山‘青楼自管弦’‘秋池不自冷’‘不识寒郊自转蓬’之类，未始非无穷感慨之情，所以直登老杜之堂，亦有由矣。”按义山用“自”字又如“翠幕自黄昏”“一径自阴深”“白阁自云深”“朔雪自龙沙”“万崦自芝苗”“旧欢尘自积”“春风自碧秋霜白”“今日东风自不胜”“阊阖门多梦自迷”“枫树夜猿愁自断”“思子台边风自急”等，均以足诗句神韵者。

安定[1] 城楼

迢递[2]高城百尺楼，绿阳枝外尽汀洲。

贾生年少虚垂涕[3]，王粲春来更远游[4]。

永忆江湖归白发，欲回天地入扁舟[5]。

不知腐鼠成滋味，猜意鹓雏竟未休[6]。

［注释］

①安定：唐泾州（今甘肃泾川）又称安定郡。时义山寄居岳父泾原节度使王茂元幕中。此登楼感怀之作。

②迢递：高远貌。

③“贾生”句：贾生，贾谊。汉文帝六年（前 174），贾谊上疏痛

陈时事，有“可为痛哭者一，可为流涕者二，可为长太息者六”之句。

④“王粲”句：王粲，字仲宣，汉末乱，之荆州依刘表，作《登楼赋》有“虽信美而非吾土”之叹。

⑤“永忆”二句：暗用范蠡功成后乘扁舟泛五湖事。意谓待年老时做出一番回转天地的事业之后即归隐五湖，言下之意：现在功业未就不能就此罢手，至于个人名位并不在乎。“永忆江湖归白发”，可读作“永忆白发归江湖”。

⑥“不知”二句：《庄子·秋水》载：惠施恐庄子取代自己相梁，庄子往见之，云“鸱得腐鼠，鹓雏过之，仰而视之曰：“吓，今子欲以子之梁国吓我耶?”鹓雏，自比。鸱，喻猜忌排挤之辈。时义山赴宏博试，为有力者抹去，故感愤言之，谓此区区科第亦不过腐鼠耳！

［点评］

此诗作于文宗开成三年(838)二三月间，商隐年二十七。二月应博学宏辞试，已为周墀、李回二学士所取，却被某“中书长者”以“此人不堪”为由“抹去之”(《与陶进士书》)。商隐旋赴安定，为王茂元掌书记。诗为初至安定登城楼感宏博不中选而赋。

一、二言登楼远眺。“百尺楼”隐寓自己忧国忘身，不为所知。《三国志·陈登传》载：刘备责许汜求田问舍，言无可采，殊乏忧国救世之意，说自己当卧百尺楼上而卧许汜于地。二句登楼远眺，贾生王粲、江湖扁舟、鸳雏腐鼠，等等，俱自绿杨汀州生出。盖古人每于感怀忧愤之时凭高临远，一抒襟怀。“贾生垂涕”，与《行次西郊作一百韵》云“九重黯已隔，涕泗空沾唇”同一意绪。“王粲春游”，除寄慨依人做幕外，也兼寓“冀王道之一平，假高衢而骋力”之意。

五、六为一诗主旨，亦唐诗中之名句。《蔡宽夫诗话》载:王荆公晚年喜吟此二句，以为虽老杜无以过。王安石为旧党所攻讦，辞相前，或讥其“恋(相)位”。“喜吟此”当是借此二句表明自己永远记着白发时将退隐江湖(并不恋位)，但现在不退，尚未“回转天地”(变法改革)，怎可便入扁舟?王安石与李商隐当时的思绪心境十分相似，故引为同调，深为共鸣。

末联云宏博不过“死老鼠一条”，实是失意时姑作不屑语以自慰，不必泥看。

此等诗为商隐真本色。纪晓岚云:“五、六千锤百炼，出于自然，杜(甫)亦不过如此。世但喜其浮艳雕镌之作，而义山之真面隐矣。”

春日寄怀

世间荣落重逡巡[①]，我独丘园坐[②]四春。

纵使有花兼有月，可堪无酒又无人。

青袍似草年年定，白发如丝日日新[③]。

欲逐风波千万里，未知何路到龙津[④]。

[注释]

①荣落:犹盛衰。重,甚也。逡巡,迅速。

②坐:浸,行将。

③青袍白发:唐八品以下服青袍。

④龙津:龙门。《三秦记》记载,河津一名龙门,水险不通,龟鱼之属不能上;江海大鱼薄集门下数千不得上,上则为龙。

[点评]

李商隐会昌二年(842)丁母忧,守丧至是首尾恰为四年,故云"我独丘园坐四春"也。"青袍",唐八品以下官服。义山开成四年(839)释褐秘书省校书郎,调补弘农尉,均为九品。未及三年罢归幽居,故云"年年定"。三联对仗衬贴,"青袍似草""白发如丝"不唯设色相映,更叹官秩卑微而头颅老大;而草青、丝白,兼具一种衰飒之调。"年年定",一年盼过一年,一点没有升迁迹象;"日日新",日子一天天过去,头发一天天白了,一"定"一"新",在动感上相对衬。读此即可知其为仕进无路、汲引无门之叹。故末云"未知何路到龙津"。姚培谦云:"此叹汲引之无人也。荣落之感,世人何日能忘!不谓我之一坐,已是四年。纵使不以声利萦怀,而对花对月,如此无人无酒之恨何!况青袍不改,白发添新,非敢惮风波而甘丘壑也。仕路无媒,唯有抚时而叹耳。"可谓善解。

即日

一岁林花即日休，江间亭下怅淹留[①]。

重吟细把[②]真无奈，已落犹开未放愁[③]。

山色正来衔小苑，春阴只欲傍高楼。

金鞍忽散银壶漏[④]，更醉谁家白玉钩[⑤]？

[注释]

①淹留：流连、徘徊，羁留。此为流连、徘徊意。
②重吟细把：曼吟细酌。
③未放愁：未尽愁。放，至、尽。
④“金鞍”句：言客散夜临。
⑤白玉钩：酒钩，用钩弋夫人白玉钩事，此代酒筵。

[点评]

此义山刻意伤春之作。前半云林花即休，春事将阑，江间亭下流连而不忍去；即便曼吟细酌，对此“已落犹开”，亦未能尽达心中之愁。言下云：我于即休之林花怅然伤怀，而花似亦不忍离我而凋，故“已落犹开”也。五、六山衔小苑、阴傍高楼，时将暮矣！推进一层，言不唯春事将阑，一日之景亦难驻。伤春之怀，迟暮之感，比兴显然。七、八直抒，言客散夜临，非醉无以遣怀。纪晓岚云："纯以情致取胜，笔笔唱叹，意境自深。"

泪

永巷[①]长年怨绮罗，离情终日思风波。

湘江竹上泪无限[②]，岘首碑前洒几多[③]。

人去紫台秋入塞[④]，兵残楚帐夜闻歌[⑤]。

朝来灞水桥边问，未抵青袍送玉珂[⑥]。

［注释］

①永巷：《三辅黄图》记载，永巷，宫中长巷，幽闭宫女之有罪者。

②"湘江"句：用二妃洒泪九嶷，染竹斑斑事，屡见。

③"岘首"句：《晋书·羊祜传》载，羊祜卒，百姓于岘山建碑，望其碑者，莫不流泪。

④"人去"句：江淹《恨赋》："明妃去时，仰天太息；紫台稍远，关山无极。"紫台，紫宫，可汗所居。此用昭君事。

⑤"兵残"句：据《史记·项羽本纪》载，项羽被围垓下，夜起饮帐中，悲歌慷慨，自为诗，歌数阕，泣数行下。又闻汉兵之歌。

⑥"朝来"二句：青袍指失意寒士；玉珂，喻指达官贵人。

[点评]

此诗前六句为宾，后二句是主。诗以深宫怨泪，闺中思泪，死别伤泪，感怀悲泪，出塞去国之恨泪，英雄失路之痛泪为衬，以兴灞桥青袍送玉珂贵人的穷途饮恨之泪，则怨、思、伤、悲、恨、痛六等人生苦泪亦未能抵也。义山《春日寄怀》云："青袍似草年年定，白发如丝日日新。"此感叹党人排摈，官位卑微；趋迎跪送，无任屈辱！王鸣盛曰："抑塞终身，穷途抱痛，故上六句泛写泪，末二句结到自家身上。"

闻歌

敛笑凝眸意欲歌，高云不动①碧嵯峨。

铜台罢望②归何处，玉辇忘还③事几多？

青冢④路边南雁尽，细腰宫里北人过⑤。

此声肠断非今日，香灺⑥灯光奈尔何？

[注释]

①高云不动：《列子·汤问》记载，薛谭学讴于秦青，未穷青之技，自谓尽之，遂辞归。秦青弗止，饯于郊衢，抚节悲歌，声振林木，响遏行云。薛谭乃谢求反，终身不敢言归。

②铜台罢望：《邺都故事》："魏武帝遗命诸子曰：'吾死之后，

葬于邺之西岗，婕妤美人，皆著铜雀台上……汝等时登台，望吾西陵墓田。’”

③玉辇忘还：《拾遗记》：“穆王御黄金碧玉之车，迹毂遍于四海；西王母乘翠凤之辇，而来与穆王欢歌。”冯浩曰：“《穆天子传》备叙巡游，而终以（宠姬）盛姬之丧故云。”

④青冢：昭君墓。《归州图经》：“胡地多白草，昭君塚独青，乡人思之，为立庙香溪。”

⑤“细腰”句：细腰宫，楚宫。北人过，指秦兵入郢陷楚。

⑥灺：烛烬。

［点评］

此借闻歌抒慨，非咏歌伎也。一、二言歌者“敛笑凝眸”，欲歌未歌之时，则已碧云遏住，言其“抚节悲歌”当更胜秦青。用秦青事只突出一“悲”字。中四句铜台罢望，玉辇忘还，青冢南雁，细腰北人，皆言歌声令人闻之“悲”也，启下“肠断”。七、八言声悲烛尽，我肝肠寸断，对此声此景，我已无肠可断矣。“奈尔何”，对尔（此情此景）奈何！

义山一生沉沦使府，妻逝子幼，是心中常悲，故闻悲声而心弦震哀，故云“此声肠断非今日”。结“奈尔何”尤为沉挚。作意、笔法均可与《泪》诗同参。纪晓岚评：“首二句点明，中四句掷笔宕开，而以七句承明，八句拍合，极有画龙点睛之妙。”

草间霜露古今情

咏史、怀古诗

马嵬二首(其一)

冀马燕犀[①]动地来,自埋红粉自成灰[②]。

君王若道能倾国[③],玉辇[④]何由过马嵬?

［注释］

①冀马燕犀:冀北之战马,幽燕之犀甲,指代安史叛军。时安禄山兼平卢、范阳、河东三镇节度,叛起,国号燕。

②“自埋”句:红粉,本女子所用,即以代女子,此指杨妃。《旧唐书·杨妃传》:“帝不获已,与贵妃诀,遂缢死于佛室,时年三十八。”

③倾国:用李延年歌“一顾倾人城,再顾倾人国”事。白居易《长恨歌》:“汉皇重色思倾国。”

④玉辇:皇帝车驾。

［点评］

马嵬,即马嵬坡。故址在今陕西兴平北二十三里,因晋人马嵬于此筑城避难,故名。(《元和郡县图志》)天宝十五载(756)六月,安禄山的“冀马燕犀”攻破了潼关。唐明皇携杨玉环姊妹同宰相杨国忠等,由禁卫军护卫仓皇奔蜀。途经马嵬,兵士哗变,诛杀杨国忠并逼迫唐明皇赐死杨玉环而以“女祸误国”为唐明皇开脱。李商隐《马嵬诗》在哀叹感悼之中指出责任在于所谓“自埋红粉自成灰”也。诗以反诘结束,指责唐明皇。“君王若道能倾国,玉辇何由过马嵬?”明皇对杨玉环的所谓“爱情”,纯属虚拟,所谓“思倾国”,所谓七夕长生殿私语,只是信口蜚誓。

此题二首,第二首为七律,见后。

汉宫词

青雀西飞竟未回[①],君王长在集灵台[②]。

侍臣最有相如渴[③],不赐金茎露一杯[④]。

[注释]

①青雀:传说为西王母信使,又称青鸟。《汉武故事》:“七月七日,上斋居承华殿,忽有一青鸟从西方飞来。上问东方朔,朔曰:‘西王母来。’有顷,王母至。及去,许帝三年后复来,后竟不来。”

②集灵台:汉武帝宫观名。唐亦有集灵台,在华清宫长生殿侧。

③相如渴:司马相如患有消渴疾,即糖尿病。

④金茎露:武帝建章宫前神明台金铜仙人掌上露盘所承的露水。《三辅黄图》记载,建章宫有神明台,武帝造,祭仙人处。上有承露台,有铜仙人,舒掌捧铜盘玉杯,以承云表之露,和玉屑饮之。金茎,即铜柱。

［点评］

此诗向有讽求仙与自慨两种解说。屈复、冯浩力主自慨说。屈云："君王之望仙，犹臣之望君，奈何不赐金茎之露乎？言不蒙天子特恩也。"屈复认为李商隐自比武帝，而以武宗或宣宗比仙，实牵强附会。李商隐"官不挂朝籍"，地位卑下，谈不上渴望皇帝特恩。

诗为讽武宗惑仙而作。会昌五年(845)，武宗为道士赵归真所惑，于南郊敕建望仙台。唐人习以汉比唐。诗借汉武帝以影射唐武宗，以望仙台比集灵台甚明。

瑶　池

瑶池阿母绮窗开，黄竹歌声动地哀[①]。

八骏[②]日行三万里，穆公何事不重来。

［注释］

①"瑶池"二句：据《穆天子传》载，周穆王游昆仑，西王母宴穆王于瑶池之上，为歌曰："将子无死，尚能复来。"穆王答歌云："比及三年，将复而野。"阿母，玄都阿母。黄竹歌，据说穆王的队伍走到黄竹路上，日中大寒，北风雨雪，民寒冻而死。穆公作诗三章以哀之，是所谓《黄竹歌》，见《穆天子传》卷五。二句意谓西王母在瑶池之上倚窗而望，盼穆王重来而

不至，唯闻下界《黄竹》之声动地哀唱，暗示穆王已死。

②八骏：相传穆王所乘八匹骏马，名赤骥、盗骊、白义、逾轮、山子、渠黄、华骝、绿耳。

［点评］

诗讽求仙。程梦星以为“追叹武宗之崩”，说为有据，可与《汉宫词》同参。诗当作于大中初(847)。

此诗之妙在不明言求仙之妄，而全从西王母着笔，所谓透过一层法。一、二写西王母倚窗瞰临，不见穆王，唯闻下界动地哀歌；以目瞰（绮窗开）耳闻（动地哀）暗示武宗之崩。三、四换角度，以西王母之所思，疑惑自问而倒接第二句：八骏日行数万里，为何穆王不重来？末以问句吞吐出之，而答案则在第二句，此倒接法也。

世上本无神仙，而当有神仙构想作诗，甚是“无理”；穆王既见西王母，按“理”当长生不死，却又为何死了？正破神仙之妄，实又在理。故贺裳评此诗云“无理之理”“无理而妙”者矣。

过景陵[1]

武皇[2]精魄久仙升，帐殿凄凉烟雾凝。

俱是苍生留不得[3]，鼎湖何似魏西陵[4]！

[注释]

①景陵：宪宗。宪宗以服方士柳泌金丹，暴崩，葬景陵。

②武皇：亦指宪宗。

③“俱是”句：苍生，《尚书·益稷》：“帝光天之下，至于海隅苍生。”言草木生苍苍然，以喻百姓。此引申指凡人、所有人。言无论谁人，只要是人则皆会死亡而“留不得”。

④“鼎湖”句，指黄帝。传说黄帝铸鼎荆山，有龙垂髯下迎。黄帝骑龙升天，后世名其地曰鼎湖。西陵，指魏武帝曹操。曹操逝后葬于邺之西岗。此句意谓不论黄帝、魏武，终须一死，更何论景陵。

[点评]

唐代皇帝多佞道，宪宗、武宗尤甚。诗刺宪宗，实刺武宗，末句兼带黄帝、魏武。“俱是苍生留不得”，既很实在，又十分深刻：凡是人，谁能留得长生！伟大如黄帝，亦与曹阿瞒无异。宪宗服道士柳泌所谓“金丹”而暴崩，景陵就在眼前，为何武宗又蹈其覆辙，再服道士赵归真金丹而暴崩？

海上

石桥[①]东望海连天，徐福空来不得仙[②]。
直遣麻姑与搔背[③]，可能留命待桑田[④]！

［注释］

①石桥：《三齐略记》："始皇作石桥，欲过海看日出处。"
②"徐福"句：据《仙传拾遗》载，秦始皇遣徐福及童男女各三千人，乘楼船入海求不死之药，不返。故云"空来不得仙"。
③直遣：即使能得。麻姑搔背：《列仙传》载，女仙麻姑，手似鸟爪，降蔡经家。蔡经见其手，意背大痒时，得此爪爬背当佳也。此句以得麻姑搔背喻得仙人赐予长生。
④"可能"句：可能，何能、岂能。桑田：《神仙传》载，麻姑谓王方平曰："接待以来，见东海三变为桑田。"意谓即使遇麻姑为之搔背，又岂能留命至沧海变为桑田之时也。

［点评］

此篇与《过景陵》同一旨意，讽武宗之迷道求仙。海水连天，徐福已死，谁人见过仙人？即便使麻姑搔背，沧海变桑田，然人生朝夕，命不能待，又何能升仙而长生不老！

梦　泽[1]

梦泽悲风动白茅[2]，楚王葬尽满城娇[3]。

未知歌舞能多少，虚减宫厨为细腰[4]。

［注释］

①梦泽：古楚国的云梦泽，为方圆千里的沼泽地。梦泽在今湖南一带。

②白茅：湖边沼地生长的茅草。据《左传》载，楚国每年须向周天子贡包茅以为祭祀苞苴之用。

③“楚王”句：楚王指春秋时楚灵王，荒淫君主。娇，美女。《后汉书·马廖传》：“传曰：楚王好细腰，宫中多饿死。”

④“未知”二句：言楚宫美女能得几次歌舞，枉自节食而为细腰，是空图恩宠。

［点评］

“楚王好细腰，宫中多饿死”，其罪在楚王。李商隐则特点明：满城美女之被“葬尽”，实为争宠而歌舞、减厨，讽刺逢迎、邀宠者。此为咏史翻案法。

“形象大于思想”。姚培谦由此而及“揣摩逢世才人”之可悲；屈复于此而联想“制艺取士”之可叹；纪晓岚则以为此诗寄托“繁华易尽”之感慨。比较三家，当以姚培谦说为胜。

时牛僧孺、李宗闵为首之牛党得势，朝中多有揣摩逢迎之士，溜须钻营之人以此而得宠者。诗人以为党局反复难以预料，邀宠者“歌舞”能几时！“减厨”也终是徒然，最后可能如楚宫美女而被“葬尽”，显是借楚宫人以讽警牛党秉政时之趋炎附势者。

此诗讽咏含蓄委婉，妙在借史比兴。首句梦泽悲风，白茅于风中摇晃，融入诗人身世之感，境象混茫，情绪苍凉。

青陵台①

青陵台畔日光斜，万古贞魂倚暮霞②。

莫讶韩凭为蛱蝶，等闲飞上别枝花③。

[注释]

①青陵台：《明一统志》：“青陵台在开封府封丘县界。”一说在郓州(今山东郓城)。

②贞魂：韩凭妻之神魂。

③“莫讶”二句：莫讶，莫疑。《集韵》：“讶，一曰疑也。”“莫讶”二字直贯下句。据《搜神记》《列异传》载，宋康王舍人韩凭妻美，康王夺之，凭自杀，妻与王登台，自投台下。康王埋韩凭夫妻，二冢相望，有文梓生于二冢之端，有鸳鸯雌雄各一，恒栖树上，音声感人。或云化为蝴蝶。等闲，随意、随便。二句以韩凭口吻告慰妻子贞魂：不须疑我韩凭化为蛱蝶会无

端飞上另外的花丛，意谓将永志妻子情义，忠于妻子贞魂，至死不渝。此悼亡诗无疑。

［点评］

此大中五年（851）闻妻讣赶归过青陵台借题悼亡之作。义山伉俪情深，《对雪》云：“留待行人二月归。”《蜂》云：“青陵粉蝶休离恨，长定相逢二月中。”本拟二月春暖归家，却因府主卢宏正病重未忍遽离而迁延时日。王氏逝于大中五年夏秋间，义山闻讣归家已当秋日。青陵台在商丘，为必经之地，故途中借题以抒悼亡之情。

一、二言过青陵台已是日暮，拟想万古贞魂正于暮霞中显现。三句“讶”字直下四句，言贞魂莫疑韩凭化为蛱蝶后会随意飞上别枝花丛。“花”喻女郎，或狭斜曲巷，唐人亦每以“花”“花丛”取譬。元稹《离思》：“取次花丛懒回顾，半缘修道半缘君。”观义山之却柳仲郢赠张懿仙事，可证其妻亡逝之后确无意别飞花丛。

或谓青陵台，殆借喻亡妻王氏之坟墓，亦可备一说。

贾　生[1]

宣室求贤访逐臣[2]，贾生才调[3]更无伦。

可怜夜半虚前席，不问苍生问鬼神[4]。

[注释]

①贾生：贾谊。《管子·君臣》注："生，谓知学之士也。"《史记·儒林传》索隐云："生者，自汉以来，儒者皆号生，亦先生者，省字呼之耳。"

②"宣室"句：宣室，西汉未央宫前正室，借指汉廷。"贤""逐臣"均指贾谊。文帝时贾谊为太中大夫，被谗，谪长沙王太傅，故云"逐臣"。"访"，征询、询问。

③才调：才学格调，才气。

④"可怜"二句：《史记·屈原贾生列传》："后岁馀，贾生征见。孝文帝方受釐，坐宣室。上因感鬼神事，而问鬼神之本。"贾生因具道所以然之状。至夜半，文帝前席。既罢，曰：'吾久不见贾生，自以为过之，今不及也。'居顷之，拜贾生为梁怀王太傅。"可怜，可惜。

[点评]

此诗借汉文访才鬼神事，讽刺时主不唯不能识贤用贤，且佞佛惑道，置苍生于不顾，短幅中藏大议论，绝胜时贤之长篇史断。义山关心家国大事于此可见。

首言汉文帝渴求贤才，而召见逐臣贾谊。二句言文帝征询后，感叹贾生才调无与伦比。三、四申足二句所以“才调无伦”之处：原来贾生于鬼神之事皆能“俱道所以然之状”。“前席之虚，今古盛典”，然所问并非如何爱民治国却“问鬼神之本”，见文帝之不能识贤任贤，亦不关心治道，故曰“可怜”。

此亦托古讽时，感贾生不为所用致慨。言外有圣明之主如汉文尚且如此，况于昏昧佞惑佛道，迷于鬼神之君哉！周珽笺曰：“以贾生而遇文帝，可谓获主矣。然所问不如其所策，信乎才难，而用才尤难。此后二句诗而史断也。”寓大议论于铺叙，有案有断，断在案中，诗情史笔兼具。

王昭君

毛延寿画欲通神，忍为黄金不为人①。

马上琵琶行万里，汉宫长有隔生春②。

［注释］

①“毛延寿”二句：《西京杂记》记载，元帝后宫既多，乃使画工图形，案图召幸。诸宫人皆赂画工，独王嫱不肯，遂不得见。匈奴求美人为阏氏，于是案图，以昭君行。王嫱，字昭君，传说为宫廷画师毛延寿所抑。

②隔生春：隔生，隔世。春，刘学锴、余恕诚云："即'画图省识春风面'中之'春风面'。"

［点评］

此诗借昭君以致慨。何焯曰："忽焉梓潼，忽焉昭潭，义山亦万里明妃也。"毛延寿则喻指牛党排挤之人。

首句"欲通神"，借指牛党中如令狐绹辈"言能通天"。二句感叹其只为一党之私利而不奖拔人才。三句以明妃自况，言己之沉沦使府、桂管、徐州、梓潼，一生漂泊，于今又往返江东，不啻万里明妃。四句言明妃生前之画像尚留汉宫，然为人省识、珍惜，当是隔世之后。自己今生今世亦无望于朝籍，唯"声名佳句在"，或来生后世为人所知也。通首为比，凄婉入神，诸家以为致慨于排摈之人，良是。

龙　池

龙池赐酒敞云屏[①]，羯鼓声高众乐停[②]。

夜半宴归宫漏永，薛王沉醉寿王醒[③]。

［注释］

①"龙池"句：《长安志》记载，龙池在南薰殿北、跃龙门南。程大昌《雍录》记载，明皇为诸王时，故宅在京城东南角隆庆坊。宅有井，井溢成池。中宗时，数有云龙之祥。后引龙首

堰水注池，池面益广，即龙池也。开元二年(714)七月，以宅为宫，是为兴庆宫。云屏，云母屏风。

②“羯鼓”句：南卓《羯鼓录》：“羯鼓出外夷，以戎羯之鼓，故曰羯鼓。其声促急，破空透远，特异众乐。明皇极爱之。尝听琴未终，遽止之曰：‘速令花奴持羯鼓来，为我解秽。’”

③“薛王”句：薛王，明皇弟李业，此指嗣薛王李琄；寿王，明皇第十八子李瑁。杨玉环原为寿王妃。

[点评]

此直刺玄宗夺媳为妃，乱伦大丑事，然“讽而不露，所谓蕴藉也”(张谦宜《䌹斋诗谈》)。

首句言玄宗于兴庆宫赐酒，云屏大敞，暗示贵妃与宴。二言玄宗酒酣，亲主羯鼓而众乐皆停而聆赏。三、四言宴归已是夜半，薛王酩酊大醉，而寿王李瑁因杨玉环为父所夺，目睹其今宵与宴，心潮难平，故一夜“醒”而不眠。不着议论，于形象中寓讽刺，极含蓄之致。

吴　宫[1]

龙槛沉沉[2]水殿清，禁门[3]深掩断人声。

吴王宴罢满宫醉，日暮水漂花出城。

［注释］

①吴宫：春秋时吴王夫差之宫殿。在今苏州。

②龙槛沉沉：龙槛，雕有龙凤纹饰之栏槛；沉沉，深邃沉寂。

③禁门：宫门。《正字通》："天子所居曰禁。"言门户有禁，非侍御者不得入。

［点评］

此诗妙在末句以景结情。沈义父《乐府指迷》云："结句须要放开，含有余不尽之意，以景结情最好。"日暮，水流，花落而漂出宫城之外，寓意显然。纪晓岚评曰："末七字含多少荒淫在内，而浑然不觉，此之谓蕴藉。"

咏　史

北湖南埭水漫漫[①]，一片降旗百尺竿[②]。

三百年间同晓梦[③]，钟山何处有龙盘[④]？

［注释］

①“北湖”句：北湖，玄武湖；南埭，鸡鸣埭。水漫漫，同温庭筠《过吴景陵》“王气销来水淼茫”之意。

②一片降旗：刘禹锡《西塞山怀古》：“一片降幡出石头。”

③“三百”句：三百年间，概言六朝之年数。庾信《哀江南赋》：“终非江表王气终于三百年乎？”晓梦，喻指六朝沦亡之速。

④钟山龙盘：张勃《吴录》记载，刘备曾使诸葛亮至京，因睹秣陵山阜，乃叹曰：“钟山龙盘，石头虎踞，帝王之宅也。”

［点评］

首句言北湖南埭，汪洋渺漫，隐含历史沧桑之叹。二句即刘梦得“一片降幡出石头”意，言孙皓之降晋。三句言六朝三百年间，如同蝶梦，变幻无常。四句言虽钟山龙盘，石头虎踞，然险峻之势难凭，孙吴、司马、宋、齐、梁、陈，一一覆亡，亦韦庄《台城》云，“六朝如梦鸟空啼”也！

此诗末句尤为警策。屈复云：“国之存之，在人杰，不在地灵，足破堪舆之说。”义山《行次西郊作一百韵》亦云：“吾闻理与乱，系人不系天！”

景阳井

景阳宫井剩堪悲[1]，不尽龙鸾誓死期[2]。

肠断吴王宫外水，浊泥犹得葬西施[3]。

［注释］

①“景阳”句：景阳宫，陈宫殿名，亦称景阳殿，故址在今南京市。景阳井，一名胭脂井，陈后主曾自投于此井。剩，尽也，真也。

②“不尽”句：龙鸾，喻帝妃。《陈书·张贵妃传》记载，隋军陷台城，妃与后主俱入于井。隋军出之，晋王广命斩贵妃，牓于青溪中桥。句意谓后主苟活，虽同赴宫井而终不能与张丽华共尽誓死之约。按后主俘入长安，又过十五年，至隋仁寿四年(604)始薨于洛阳。

③“浊泥”句：越王勾践灭吴后，沉西施于江。浊泥，指江水。

［点评］

此诗主旨全在末句，言吴国既灭，越国沉西施于江，虽江水浑浊，犹得全尸，胜过张丽华尸首分于青溪也。屈复笺曰：“言丽华不死于井而斩于青溪也。”

按西施之死，固有二说。《万花谷》引《吴越春秋》云：“越王用范蠡计，献之吴王。其后灭吴，蠡复取西施，乘偏舟游五湖而不返。”而《墨子》云：“西施之沉，其美也。”墨子去吴越之世甚近，当从墨子言。

南　朝

地险悠悠天险长[①]，金陵王气应瑶光[②]。

休夸此地分天下，只得徐妃半面妆[③]。

［注释］

①“地险”句：地险，指金陵龙盘虎踞之地理形势；天险，指长江。悠悠、长，互文，既言历史悠久，又状空间之远长。

②瑶光：《春秋运斗枢》载：北斗第七星名瑶光，为吴之分野。南朝为当时之正朔，故云“应瑶光”。意谓金陵上应天象。

③徐妃半面妆：《南史·后妃列传下》：梁元帝妃徐昭佩，无容质，不见礼。元帝二、三年一入房。妃以帝眇一目，每知帝将至，必为半面妆以俟，帝见则大怒而出。“半面妆”喻“分天下”，讽南朝偏安之意显然。

［点评］

此大中十一年（857）充盐铁推官时游江东之作。

此诗立意尽在“休夸”“只得”。刺六朝君臣夸说分有天下。末以“徐妃半面妆”言其偏安一隅，充其量亦不过“半面”而已。张采田曰：“借香倩语点化，是玉溪惯法。”程梦星评：“此诗真可空前绝后，今人徒赏义山艳丽，而不知其识见之高，岂可轻学步哉！”

北齐二首

一笑相倾国便亡①，何劳荆棘始堪伤②。
小怜玉体横陈夜，已报周师入晋阳③。

巧笑知堪敌万机④，倾城最在著戎衣⑤。
晋阳已陷休回顾，更请君王猎一围⑥。

[注释]

①“一笑”句：《汉书·外戚传》有李延年“一顾倾人城，再顾倾人国”歌，诗用其意，言迷恋女色，荒于政事，可以倾国。相，指代副词，偏指一方；相倾，倾心于她，为她倾倒。意谓冯淑妃小怜一笑，齐后主高纬即为她而倾倒、倾国，讽其沉溺女色，亡国可待。

②“何劳”句：言何须国家灭亡、殿生荆棘始为可伤！《吴越春秋》：“夫差听谗，子胥垂涕曰：‘以曲作直，舍谗攻忠，将灭吴国，城郭丘墟，殿生荆棘。’”

③“小怜”二句：北齐后主冯淑妃名小怜。宋玉《讽赋》：“主人之女为臣歌曰：内怵惕兮徂玉床，横自陈兮君之旁。”横陈，横卧。二句意谓后主荒淫无时，小怜玉体横陈之夜，即是周师攻陷晋阳之时。按晋阳（今太原）为北齐军事重镇，武平七年（576）晋阳陷，次年齐亡。

④“巧笑”句：言小怜的媚笑胜过朝廷的万件大事。巧笑，媚笑。《诗·卫风·硕人》：“巧笑倩兮。”全句意谓在北齐后主眼中，冯小怜的倾城一笑比朝廷万件大事还重要。

⑤戎衣：戎装。史载冯小怜最为美艳动人则在穿着戎装之时。

⑥“晋阳”二句：《通鉴·齐纪》记载，齐主方与淑妃猎于天池，晋州告急者，自旦至午，驿马三至……齐主将还，淑妃请更杀一围，齐主从之。

［点评］

商隐咏史诗常“染”而不“点”，所谓“有案无断”（朱彝尊评），或云“只叙其事，不著议论”（李瑛评），或言“不说他甚底，而罪案已定”（张谦宜评），即是此法。

二诗语句含蓄，境象如画，而立意显豁，纪晓岚云“神韵自远”也。不言齐后主荒淫致亡，却说小怜横陈之夜，正是周师攻陷之时；不说后主至死不悟，而说“晋阳已陷休回顾，更请君王猎一围”。不著议论，而议论尽在其中。

陈后宫

茂苑城如画①,阊门瓦欲流②。
还依水光殿,更起月华楼。
侵夜鸾开镜③,迎冬雉献裘④。
从臣皆半醉⑤,天子正无愁⑥。

[注释]

①茂苑:陈之宫苑。左思《吴都赋》:"带长洲之茂苑。"
②阊门:陈之宫门。阊阖,传说中之天门。瓦欲流:极写琉璃瓦之光泽流艳欲滴。
③侵夜:入夜。
④"迎冬"句:《晋书·武帝纪》载,咸宁四年(278)冬,太医司马程据献雉头裘。"雉献裘"即献雉裘。
⑤从臣:侍从之臣。
⑥"天子"句:史载陈后主宠张丽华、孔贵嫔等,召江总等十人为狎客,君臣耽于淫乐;作诗有"璧月夜夜满,琼树朝朝新"之句。隋兵攻来,尚于宫中饮酒作乐。"无愁"者指此。

[点评]

此诗非咏陈后主,结句用北齐"无愁天子"事可证。程梦星、徐逢源均以为“借古题以论时事”，所谓“刺敬宗”也。

史载敬宗李湛(809—826)童昏，在位二年，嬉乐无度，日或在宫中淫纵游宴，击球蹴鞠，或观角抵竞渡，与宫嫔狎戏玩耍。旧注以史证诗，大抵可信。诗当作于敬宗宝历二年(826)，商隐年一十五。

一、二宫苑宫门，以切陈后宫，落笔擒题。三、四依殿起楼，盛修宫室，见工役不休。杜牧《上知己文章启》：“宝历大起宫室，故作《阿房宫赋》。”“五女色之妍，六衣服之赊”(屈复笺)。末借北齐后主事，言君臣醉生梦死，终于亡国。《隋书·乐志》记载，北齐后主自能度曲，尝倚弦而歌，别采新声为《无愁曲》，自弹胡琵琶而唱之，音韵窈窕，极于哀思。曲终乐阙，莫不陨涕。乐往哀来，竟以亡国。

此诗有意以北齐后主事以充易陈宫，隐然透露不在咏史，意在讽今，纪晓岚云：妙在“全不说出”。

富平少侯

七国三边未到忧①，十三身袭富平侯②。
不收金弹抛林外③，却惜银床在井头④。
彩树转灯珠错落⑤，绣檀回枕玉雕锼⑥。
当关不报侵晨客⑦，新得佳人字莫愁⑧。

[注释]

①“七国”句：汉景帝三年(前 154)，诸侯封国吴、胶西、楚、赵、济南、淄州、胶东等七国举兵反叛，史称“七国之乱”。此以喻藩镇。“三边”，喻边患。《小学绀珠》：“三边，幽、并、凉三州。”“未到忧”，不知忧。张相《诗词曲语辞汇释》：“未到，犹云不道，不道有不知义。”全句意谓对藩镇、边患均不知忧心。

②富平侯：汉张安世封富平侯，五世袭爵，为贵势之家。

③不收金弹：据《西京杂记》载，韩嫣好弹，常以金为丸，所失者日有十余，皆不收。

④银床：辘轳架。

⑤“彩树”句：灯树转动如珠交错。

⑥“绣檀”句：檀木回枕刻镂如玉。

⑦当关：守门之人。侵晨：破晓。

⑧莫愁:石城女子,或云洛阳女子。《旧唐书·音乐志》引古词云:"莫愁在何处?莫愁石城西。"此指代佳人。

［点评］

题咏富平少侯,却又云"七国三边未到忧",显有讽喻而非咏富平侯,因为只有天子才需对"七国"(藩镇)、"三边"(边患)深感忧虑。所以何焯、徐逢源均以为借"富平少侯"而刺敬宗。徐云:"成帝始为微行,从私奴出入郊野,每自称富平侯家人。而敬宗即位,年方十六,故以富平少侯为比,不敢显言耳。"具见制题婉讽之妙。

此诗刺敬宗少年即位,不谙政事,乐不知节。首云藩镇、边患关系国家朝政大事而"不知忧"。二句补足首句,申述原因为少年"袭侯",所谓"不更事之少年"云,亦委婉讽之之意。三、四极写其贵公子憨态。犹云金弹抛于林外都不收回,而银辘轳安在井架却感到可惜。故冯舒评云:"三、四犹云'当著弗著',曲尽贵公子憨态。"从另一角度写其"不知忧",可谓"不更事"天子的具象化。五、六言居室奢华靡丽,百枝灯树,转动回旋,错落如珠;绣纹檀锦,铺垫包裹,光洁如玉。七、八紧承五、六,言新进美女,卧喜晚起,而嘱咐守门(当关)者,侵晨来"客",不得通报,见其淫乐无度,亦《长恨歌》"春宵苦短日高起,从此君王不早朝"之意,可与《日高》《陈后宫》同参。

马嵬二首(其二)

海外徒闻更九州,他生未卜此生休①。

空闻虎旅传宵柝②,无复鸡人报晓筹③。

此日六军同驻马④,当时七夕笑牵牛⑤。

如何四纪为天子⑥,不及卢家有莫愁⑦。

[注释]

①"海外"二句:言海外更有九州,纯属传闻,夫妇之间来生难卜而此生却已休矣。原注:"邹衍云:'九州之外,更有九州。'"相传玄宗命方士致贵妃之神于蓬莱,约以他生定相会见。见陈鸿《长恨歌传》及白居易《长恨歌》。

②"空闻"句:虎旅,禁军。宵柝,军中夜间巡警之木棒。

③"无复"句:鸡人,古代宫中例不蓄鸡,而以卫士传筹充报晓之使。晓筹,谓天破晓;筹,计时器具。此句意谓杨妃长眠马嵬坡下,不再听到鸡人报晓之声了。

④"六军驻马":指扈从之禁卫军驻马不前,进而哗变事。

⑤"当时"句:天宝十载(751)七夕,明皇杨妃于长生殿密约世世为夫妇,而感羡牛女之情厚。

⑥四纪:一纪十二年,玄宗在位四十五年,此举成数。

⑦"不及"句:萧衍《河中之水歌》:"河中之水水东流,洛阳女

儿名莫愁。莫愁十三能织绮，十四采桑东陌头。十五嫁为卢家妇，十六生儿字阿侯。”莫愁，指代普通民女。此句意谓当了四十多年皇帝不及民间百姓夫妇之能相守到老也。

［点评］

此向为诗家所称道。“海外徒闻更九州”，起句破空而来，最是妙境！题作《马嵬》，平庸作手会从史事述起，而诗人却从一件奇闻逸事切入，如“危峰矗天，当面崛起”（吴乔《围炉诗话》卷一），寓历史兴亡于感慨突兀之中。明皇思杨妃，史有明文记载。或出于真情，或由于悔恨，更或因失势后迁入南内，悲思感慨，对杨玉环生前之感情尤觉可贵。然“此生休”矣！于是寄望于他生再结同心。然而，“他生未卜此生休”，诗人用这一极具现实感的断语，将其虚无渺茫之企望彻底粉碎。而“他生”“此生”，复叠回环，又似为他们留下悔恨之绵绵相思，并与首句“徒闻”互相关应。

中二联由“此生休”逗出，先取典型细节，形象概括马嵬之兵变经过。李杨悲剧，长歌、长诗记载较详，如白居易《长恨歌》、郑嵎《津阳门诗》等。而此二联只将“虎旅传宵柝”“鸡人报晓筹”“六军同驻马”“七夕笑牵牛”之细节，两两对举，则概括整个悲剧过程。若云《长恨歌》之“夜雨闻铃”充满悲凉感，则此第三句之“宵夜闻柝”则在悲凉之外更添一种凄惶之状。“虎旅”，指当时扈从的羽林军。在奔蜀途中，除了听到军士夜间敲打单调凄清之金柝声外，再听不见往日之笙歌曼舞，故云“空闻”。宋范温云：“如亲扈明皇，写出当时物色意味也。”（《诗眼》）四句以“鸡人”同“虎旅”对，“无复”字，显示当年“太平天子”于兴庆宫春宵软帐之中，卧听鸡人报晓，懒散而舒适之情景，一去不复返了。二细节对举，一险一安，一苦一乐，一个是凄惶无状，一个是春云卷舒；先写马嵬之宵夜，再逆挽昔日宫中之情景，互相映照，以安乐反衬险苦。五、六亦对照逆挽，先言“此日”，再逆折至“当时”，即从天宝十五载(756)六月缢死杨玉环之日，逆挽到五年前七月七日长生殿里之夜半私语，使人有“既有今日，何必当初”之感；既有今日之赐死，又何必当初之盟誓；既有今日之永诀，又何必当初笑牵牛织女一年一度之相会！如今盟誓在耳，而失盟者谁？牛女依旧，而设盟者“此生休”矣。“君王若道能倾国，玉辇何由过马嵬？”诗人在七绝一首中已经有类似之质问。此则以强烈之反衬，将同情给予杨玉环，为末联推究罪责、反诘明皇蓄势。沈德潜推崇其作法，以为六句“用逆挽法，诗中得此一联，便化板滞为跳脱”(《说诗晬语》)。

七、八委婉感讽而又精深警策，言做了四十余年皇帝，保不住一个妃子，连普通百姓亦不如！“如何四纪为天子，不及卢家有莫愁。”是深邃的哲理性思索，又是史家的冷峻之笔，表现了李商隐的政治敏锐性，又充溢着诗人的感时伤逝之情。

咏 史

历览前贤国与家，成由勤俭破由奢[①]。
何须琥珀方为枕[②]，岂得真珠始是车[③]？
运去不逢青海马[④]，力穷难拔蜀山蛇[⑤]。
几人曾预南薰曲[⑥]，终古苍梧哭翠华[⑦]。

［注释］

①“历览”二句：《韩非子·十过》载由余答秦穆公“得国失国”之故曰：“常以俭得之，以奢失之。”

②琥珀枕：以琥珀制作之枕。《宋书·武帝纪》：“宁州献琥珀枕，光色甚丽，时将北伐，以琥珀疗金疮，命碎分赐诸将。”

③真珠车：以真珠照乘之车。《史记·田敬仲完世家》载：梁惠王夸耀己有十枚径寸之珠，枚可照车前后各十二乘，齐威王谓己所贵者贤臣：“将以照千里，岂特十二乘哉！”

④青海马：龙马，以喻贤臣。《隋书·吐谷浑传》记载，青海中有小山，其俗至冬辄放牝马于其上，言得龙种。吐谷浑尝得波斯草马，放入海，因生骢驹，能日行千里，故时称青海骢马。亦称青海龙孙。

⑤蜀山蛇：《蜀王本纪》记载，秦献美女于蜀王，蜀王遣五丁迎之。还至梓潼，见一大蛇入山穴中，五丁共引蛇，山崩，五

丁皆化为石。刘向《灾异封事》:"去佞则如拔山。"此以喻宦官佞臣。

⑥南薰曲:相传舜曾弹五弦琴,歌《南风》之诗而天下大治。其词曰:"南风之薰兮,可以解吾民之愠兮。"

⑦翠华:以翠羽为饰之旌,皇帝仪仗。舜逝于苍梧之野,故云:"哭。"此以舜比文宗。

[点评]

此借史抒慨,哀叹文宗虽去奢从俭,励精求治,然"运去""力穷",无法改变衰唐命运。"青海马",喻指辅佐之名臣贤相;"蜀山蛇",比宦官势力,因"不逢"故"难拔",当有慨于文宗误用李训、郑注,致"甘露之变",朝臣诛死,终其一世,受制家奴。刘学锴、余恕诚曰:"《南薰曲》者,君主爱民图治之曲也。诗意盖谓当今之世,曾亲闻并能理解文宗求治之意者已无多矣,已将永为文宗之赍志以殁而哀恸也。"按商隐于文宗朝进士及第,每怀恩遇之情,文宗逝后,每多发哀婉于诗;亦可与《有感》《重有感》及《垂柳》诗同参。

"成由勤俭破由奢",唐诗名句,然非此诗主旨。

楚　宫

湘波如泪色漻漻①，楚厉②迷魂逐恨遥。
枫树夜猿③愁自断，女萝山鬼④语相邀。
空归腐败犹难复⑤，更困腥臊⑥岂易招。
但使故乡三户⑦在，彩丝谁惜惧长蛟⑧。

［注释］

①漻：水清而深。

②楚厉：鬼无依则为厉。《左传·昭公七年》："子产曰：'鬼有所归，乃不为厉。'"楚厉，指屈原。

③枫树夜猿：《招魂》："湛湛江水兮上有枫，目极千里兮伤春心。"《九歌·山鬼》："猿啾啾兮狖夜鸣。"

④女萝山鬼：《九歌·山鬼》："若有人兮山之阿，被薜荔兮带女萝。"

⑤"空归"句：《后汉书·樊宏传》记载，樊宏卒，遗敕薄葬，以为棺椁一藏，不宜复见；如有腐败，伤孝子心。《礼记·檀弓》："复，尽爱之道也。"注："复谓招魂。"

⑥困腥臊：屈原自沉，葬于鱼腹，故曰"困腥臊"。

⑦三户：《史记·项羽本纪》："楚虽三户，亡秦必楚。"

⑧"彩丝"句：《续齐谐记》记载，汉建武中，……白日忽见一

人，自云三闾大夫，谓回曰：'闻君当见祭，甚善。但常年所遗，并为蛟龙所窃。今若有惠，可以楝树叶塞其上，以五色丝缚之，此二物蛟龙所惮。'"

[点评]

此咏古凭吊之作，感怀屈原沉江。三、四云于今唯江上青枫，夜猿声哀；女萝山鬼，传语相邀，真使人愁魂自断。五、六言沉渊腐败既已难复，况为鱼所啖，其魂岂易招哉！结言楚虽三户，亦必祭奠而怀念屈原。

诗吊屈原，蕴寓千古才人之冤抑，应无直指，所谓伤王涯等十一人，或悲宋申锡窜死开州，均伤牵强，刘学锴辨之详矣。

筹笔驿[1]

猿鸟犹疑畏简书，风云长为护储胥[2]。
徒令上将挥神笔[3]，终见降王走传车[4]。
管乐有才真不忝[5]，关张无命欲何如。
他年锦里经祠庙[6]，梁甫吟成恨有余[7]。

[注释]

①筹笔驿：在今四川广元市，诸葛亮出师时尝驻军筹划于此。

②“猿鸟”二句：简书，军中告示文书。《诗·小雅·出车》：“岂不怀归，畏此简书。”储胥，藩落之类。扬雄《长杨赋》：“木拥枪累，以为储胥。”

③“徒令”句：上将，主将，指诸葛亮挥神笔，筹划军事，挥笔成文，料敌如神。

④“终见”句：降王，指蜀后主刘禅。传车，以车驿传谓之传车。

⑤“管乐”句：管乐，管仲、乐毅，指诸葛亮。《三国志·诸葛亮传》：“每自比于管仲、乐毅。”忝，辱。

⑥“他年”句：指大中五年（851）冬至西川推狱曾谒武侯庙一事。他年，往年。锦里，成都地名，武侯庙在焉。

⑦“梁甫”句：《三国志·诸葛亮传》记载，亮躬耕垄亩，好为梁甫吟。此指当年谒武侯庙所作《武侯庙古柏》诗。

［点评］

此大中九年（855）义山梓州罢幕归途经筹笔驿所作。《全蜀艺文志·利州碑目》云：“旧有李义山碑，在筹笔驿，因兵火不存。”义山碑，即此诗碑。

首二句徒然起笔，犹劈空而至。言猿鸟至筹笔驿，犹然疑畏诸葛军令之森严，风云亦长为护卫如藩篱壁垒。咏筹笔驿而自“猿鸟”“风云”写起，真徒然而来，劈空而至者。三、四“徒令”一转，陡然抹倒。言汉祚衰败，阿斗终走传车而降魏，令人嗒焉欲丧。五、六属对精切，议论中良多感叹。言汉祚衰败，非武侯之力所可挽回，乃蜀汉命运如此。此一篇之主旨。义山每作有才无命之叹，“关张无命”，亦“古来才命两相妨”（《有感》）意。此二可比老杜“出师未捷身先死，常使英雄泪满襟！"七、八振开作结，忆往年经孔明祠庙，虽有凭吊之作，然至今仍有余憾也。纪晓岚云："真杀活在手之本领，笔笔有龙跳虎卧之势。"陆昆曾评："直是一篇史论，而于'筹笔驿'又未尝抛荒。从来作此题者，摹写风景，多涉游移，铺叙事功，苦无生气，惟此最称杰出。"

览 古

莫恃金汤[①]忽太平，草间霜露[②]古今情。

空糊赪壤[③]真何益，欲举黄旗[④]竟不成。

长乐瓦飞[⑤]随水逝，景阳钟堕[⑥]失天明。

回头一吊箕山客，始信逃尧不为名[⑦]。

[注释]

①金汤：《汉书·蒯通传》："金城汤池，不可攻也。"

②草间霜露：喻瞬息消亡。

③空糊赪壤：《芜城赋》："糊赪壤以飞文。"糊，粘；赪壤，赤土。以粘和之饰壁曰飞文。胡以梅曰："建芜城者，空糊赪壤，归于屠灭。"言隋炀糊赪壤欲以芜城（今扬州）为都，最后被弑芜城而国亡。

④欲举黄旗：《三国志·孙权传》："旧说黄旗紫盖，运在江南。"言孙吴欲顺应"天命"称帝，亦终归不能实现。

⑤长乐瓦飞:南朝宋废帝以石头城为长乐宫。瓦飞喻兵败国亡。《后汉书·光武纪》:“莽兵大溃,会大雷风,屋瓦皆飞。”

⑥景阳钟堕:南朝齐武帝置钟景阳楼上,五鼓,则宫人早起梳妆。此言钟堕而五鼓未应,天明不至,亦喻指统治之崩溃。

⑦“回头”二句:《庄子·逍遥游》载,尧让天下于许由,许由曰:“天下既已治矣,而我犹代子,吾将为名乎?”又《徐无鬼》篇云:“啮缺遇许由,曰:‘子将奚之?’曰:‘将逃尧。’”箕山,许由庙。

[点评]

概古鉴今,咏史名篇。首联云:金城汤池,不可恃也;如草间之霜露,日出而晞。中四句分咏隋、吴、宋、齐之灭亡,均六朝事。末二言回思古贤以鉴今日之乱世,方信隐遁非为窃名,乃不得不然。

首二句一篇之主旨。中四句列举隋、吴、宋、齐四事应“古”;然“鉴古而知今”,今人若恃金汤之固而忽治国之道,则古今情事如一,是所谓“古今情”也。末联以旷语写感愤,言已“逃尧不为名”,实叹今世无尧舜!有者唯荒淫君主。是伤唐祚之衰也。

南朝

玄武湖[1]中玉漏催，鸡鸣埭口绣襦[2]回。

谁言琼树朝朝见，不及金莲步步来[3]。

敌国军营飘木柹[4]，前朝神庙锁烟煤[5]。

满宫学士皆莲色，江令当年只费才[6]。

［注释］

①玄武湖：古名桑泊，南朝宋元嘉间改名玄武湖，今南京市北钟山与长江之间。

②鸡鸣埭：在玄武湖北。《南史》载齐武帝幸琅琊城，宫人常从，早发至湖北埭，鸡始鸣，故名鸡鸣埭。绣襦：襦，短衣。绣襦代指宫人。

③"谁言"二句：《陈书》载后主制新曲《玉树后庭花》，后主词曰"璧月夜夜满，琼树朝朝新"。《南史》载齐东昏侯凿金为莲花以贴地，令潘妃行其上，曰"此步步生莲花也"。意谓陈后主之荒淫更甚于齐废帝。

④木柹：削木朴，今俗谓刨花。《南史·陈后主纪》记载，隋文帝命大作战船，人请密之。文帝曰："吾将显行天诛，何密之有，使投柹于江。"

⑤锁烟煤：《韵会》："煤炱，灰集屋者。"言陈不亲祭太庙而烟

尘集屋。

⑥“满宫”二句：学士，女学士。史载陈后主以宫人有文学才能者充女学士，日与“狎客”文士赋诗游宴。莲色，以莲花形容美色。江令，江总，时为尚书令。二句意谓陈后主宠妃、学士皆姿容艳丽，使江总费尽才华也未能称咏其美色。

[点评]

首二“玉漏催”“绣襦回”，举齐事而概言南朝君臣一味游幸，无日无夜。三、四“谁言”“不及”趁手翻跌，一气而下，言陈后主之荒淫犹胜齐废帝。“谁言不及”，反诘之辞。五、六言隋兵压境而后主不祭太庙，忘祖宗创业艰难，而沉湎声色，必将亡国。七、八言不仅后主荒淫酒色，不恤政事，即大臣如尚书令江总等亦费尽才华而邪狎便嬖，似赞江令而实刺陈君臣相与狎游，醉生梦死也。

此诗举齐、陈以概说南朝，而主意在陈后主。罗列故实，不加议论，而论在其中，所谓“有案无断”，此义山咏史创格。

隋　宫

紫泉[①]宫殿锁烟霞，欲取芜城[②]作帝家。

玉玺不缘归日角[③]，锦帆应是到天涯。

于今腐草无萤火[④]，终古垂杨有暮鸦。

地下若逢陈后主，岂宜重问后庭花[⑤]？

［注释］

①紫泉：紫渊，避唐高祖李渊讳改。《上林赋》："丹水更其南，紫渊径其北。"此借指长安隋宫。

②芜城：广陵别称，即隋之江都，今扬州市。

③玉玺日角：玉玺，皇帝传国玉印。日角，古代《相书》称人额骨中央隆起如日者为日角；隆准日角者可以王天下。《新唐书·唐俭传》：俭说高祖曰："公日角龙廷，姓协图谶，系天下望久矣。"

④腐草萤火：《礼记·月令》："腐草为萤。"史载炀帝于景华宫征求萤火数斛，夜出游山放之，光照山谷。

⑤"地下"二句：《隋遗录》载，炀帝在江都，梦与陈后主遇，因请后主宠妃张丽华舞《玉树后庭花》。

［点评］

首言隋宫掩闭，南游江都。三、四言如果不因传国玉玺已归唐高祖李渊，则炀帝之锦帆龙舟许当巡幸至天涯海角矣。五、六言萤火当年被炀帝搜尽，至今腐草已不复生；自古及今，隋堤杨柳亦只有暮鸦聒噪，无复锦帆南幸踪迹。七、八紧切史事，最为感慨：隋炀终不以陈后主荒淫败亡为鉴，地下何颜与后主相见，又岂能重问后庭花耶？

诸家于此诗，俱极口赞誉，至言“无句不佳”（何义门），“令人惊心动魄，怵然知戒也”（陆昆曾）。至于技法，则“纯用衬贴活变之法，一气流走，无复排偶之迹”（纪晓岚）。

和人题真娘墓[1]

虎丘山下剑池边，长遣游人叹逝川。

罥[2]树断丝悲舞席，出云清梵[3]想歌筵。

柳眉空吐效颦[4]叶，榆荚还飞买笑[5]钱。

一自香魂招不得，只应江上独婵娟。

［注释］

①真娘：义山原注：“真娘，吴中乐妓，墓在虎丘山下寺中。”《吴地记》记载，虎丘山有贞娘墓，吴国之佳丽也，行客才子多题诗墓上。

②罥：挂。

③清梵：佛家诵经之声。王僧孺《初夜文》记载，清梵含吐，

一唱三叹；密义抑扬，连环不辍。

④效颦：《庄子·天运》记载，西施病心而颦其里，其里之丑人见而美之，归亦捧心而颦其里。

⑤买笑：崔骃《七依》："回眸百万，一笑千金。"

[点评]

首联破题。一句点"真娘墓"，二句点"题"字。"长遣游人叹逝川"，摇曳有情。一吴中乐妓，竟至行客才子感叹时光流逝，是怀古每使人融入人生短暂，美景难再之叹。三、四承一、二。"罥树断丝""出云清梵"承虎丘山下剑池边；墓在寺中，故有出云之清梵。"悲舞席""想歌筵"互文，承游人之叹逝川。言悲其已逝，想其歌筵舞榭之风采。五、六陡转，"空吐""还飞"，虚字生情，言虽柳叶效颦，榆荚买笑，然真娘安在哉！七、八言一自真娘香魂烟渺，于今难寻，唯想见其江上独逞婵娟姣好。

这首诗是义山至虎丘寺中，读"行客才子之题诗墓上"（《吴地记》），因和而作此。盖晚年任盐铁推官游江东时作也。

政治诗

夕阳无限好，只是近黄昏

乐游原①

向晚意不适②,驱车登古原。

夕阳无限好,只是近黄昏。

[注释]

①乐游原:又称乐游苑,在长安城东南,曲江池北面,为唐时游览胜地。《长安志》指出,乐游原为京城之最高,四面宽敞;京城之内,俯视指掌。其地本汉宣帝乐游庙旧址,故诗中亦以"古原"称之。

②向晚:向,犹临也;向晚,临近晚上,即傍晚。

[点评]

义山身处晚唐衰世,沉沦下僚,又兼年暮,故于向晚时心怀抑郁,唯登高临远,以消解忧伤。一"驱"一"登",笔力强劲,显示其不甘沉沦、抖擞自振之情。及登古原,远目纵怀,夕阳之下,秦川百里,无限美景。然日薄西山,好景不常,故有"只是近黄昏"之叹。

"日为君象"。《尚书·汤誓》:"时日曷丧,予及女偕亡!"孔融《临终诗》:"谗邪害公正,浮云翳白日。"是以日喻君,以浮云喻奸佞。引申则以比朝廷、京都,如李白《登金陵凤凰台》云:"总为浮云能蔽日,长安不见使人愁。"亦以比家国，辛弃疾《摸鱼儿》："休去倚危栏，斜阳正在烟柳断肠处。"故此"夕阳""黄昏"云云，杨万里以为"忧唐之衰"，而何义门则解为"唐祚将沦"。

然人之行年，有"早岁""暮年"之称，故日之运行早晚，亦以喻人之年齿。扬雄《反离骚》云："临汨罗而自陨兮，恐日薄于西山。"李密《陈情表》："但以刘日薄西山，气息奄奄，人命危浅，朝不虑夕。"是以"夕阳""黄昏"又可解为蹉跎岁月。故何义门以为三、四有"迟暮之感"。朱自清曾改三、四云："但得夕阳无限好，何须惆叹近黄昏！"

诗歌意象之朦胧，决定诗歌意蕴之多义与丰富。纪晓岚以为此诗"百感茫茫"，管世铭称"消息甚大"，即就其多义性言之。

过华清内厩[①]门

华清别馆[②]闭黄昏，碧草悠悠内厩门。

自是明时不巡幸，至今青海有龙孙[③]。

[注释]

①华清内厩：《说文》："厩，马舍。"程梦星曰："华清之内厩，《唐书·兵志》及《唐六典》皆无可考，大抵分左右六闲而备游幸者也。"

②别馆：行宫，别墅。《史记·李斯列传》："离宫别馆，周遍

天下。”

③青海龙孙：青海所产之骏马。《隋书·吐谷浑传》记载，青海中有小山，其俗至冬辄放牝马于其上，言得龙种。吐谷浑尝得波斯草马，放入海，因生骢驹，能日行千里，故时称青海骢马。《正字通》：“青海旁马多龙种，曰龙孙。”

[点评]

此借华清内厩无马匹供游幸，发今昔盛衰之叹。史载唐之马政，贞观、麟德时凡七十万匹；开元、天宝凡七十五万匹；逮至太和、开成以后，则仅七千匹。此举马政之衰减，见唐国势之日蹙也。一、二言黄昏时过华清内厩门，行宫紧闭，门外唯碧草悠悠，是久未有人到此，荒废中寓哀感。三句补足一、二，言虽圣明之时亦不游幸，故无须马厩也。四句笔锋一转，云今青海龙孙宝马正多，暗寓河陇失陷，龙骢难求，则内厩自然无马。程梦星曰：“‘青海有龙孙’，微词也，不敢斥言其远莫能致也。乃风人之旨。”姚培谦评：“凄凉境界，翻作太平气象，越见凄凉。”

李卫公[①]

绛纱弟子音尘绝[②]，鸾镜佳人[③]旧会稀。

今日致身歌舞地[④]，木棉花暖鹧鸪飞[⑤]。

［注释］

①李卫公：李德裕，武宗会昌四年（844）八月，以平刘稹功，进封卫国公。宣宗大中元年（847）十二月贬潮州司马，次年九月再贬崖州司户，大中四年（850）初卒。

②"绛纱"句：《后汉书·马融传》记载，融才高博洽，为世通儒，教养诸生，常有千数……常坐高堂，施绛纱帐；前授生徒，后列女乐。弟子以次相传，鲜有入其室者。绛纱弟子，即门下之士。音尘绝，音信断绝。

③鸾镜佳人：鸾鸟雌雄相守，离则悲鸣。范泰《鸾鸟诗序》记载，昔罽宾王结罝峻祈之山，获彩鸾鸟，欲其鸣而不能致。夫人曰："尝闻鸟见其类而后鸣，可悬镜以映之。"王从其言。鸾睹影感契，慨然悲鸣，哀响中宵，一奋而绝。鸾镜佳人，本指后房妻妾，此喻指政治上之同道者。

④歌舞地：歌舞冈，在今广州市越秀山上，南越王赵佗曾在此歌舞，因而得名。此以歌舞地指代李卫公贬斥之岭南地区。

⑤"木棉"句：《升菴诗话》："南中木棉树，大如抱，花红似山茶而蕊黄，花片极厚，非江南所艺者。"《禽经》："子规啼必北

向，鹧鸪飞必南翥。”

［点评］

此诗伤李德裕。《李卫公会昌一品集序》称李德裕为“万古之良相”。然宣宗登基，朝局反复，李德裕叠贬至崖州司户。诗故云“音尘绝”“旧会稀”。结言卫公身赴南荒，眼前所见，唯木棉花发、鹧鸪乱飞，亦以景结情而深伤之。

哭刘蕡[1]

上帝深宫闭九阍[2]，巫咸不下问衔冤[3]。
黄陵别后春涛隔[4]，湓浦书来秋雨翻[5]。
只有安仁能作诔[6]，何曾宋玉解招魂[7]？
平生风义兼师友，不敢同君哭寝门[8]。

［注释］

①刘蕡：字去华，昌平人，见《赠刘司户蕡》。

②九阍：九天之门。《离骚》：“吾令帝阍开关兮，倚阊阖而望予。”

③巫咸：古神巫，当作巫阳。《楚辞·招魂》王逸注：“巫阳受天帝之命，因下招屈原之魂。”

④黄陵：在岳州湘阴县（今湖南湘阴），即二妃所葬之地。

⑤湓浦:湓浦口在湓江长江之交合处,今九江市西。

⑥安仁:晋潘岳字安仁,善为诔奠之文。

⑦解招魂:宋玉怜屈原魂魄放佚,作《招魂》。

⑧哭寝门:《礼记·檀弓》:"孔子曰:'师吾哭诸寝,朋友吾哭诸寝门之外。'"

[点评]

首联反用宋玉《招魂》事,言屈平虽冤死,有天帝命巫咸为之招魂。对于刘蕡,上帝却高居深宫,重门紧闭,不致一问;而巫咸亦不下界为刘申冤。起联即指明刘为冤死,朝廷应为刘申雪。刘蕡字去华,昌平(今北京)人。文宗大和二年(828)应贤良方正直言极谏科,痛斥宦官专权、藩镇跋扈,指出"宫闱将变,社稷将危,天下将倾,海内将乱"(《旧唐书》本传)。主考因惧宦官嫉恨,竟使刘落取。开成元年(836),刘与义山同在令狐楚兴元(今陕西汉中)幕,交谊深挚,肝胆相契,故起即为之鸣冤。

三句推开,转言客春在黄陵与刘匆匆晤别,春涛远隔;四句点明刘蕡遽逝,湓浦书来,正值长安秋雨翻盆。刘学锴据此,云"蕡之卒于湓浦即可大体肯定"。则"书来"当为蕡卒后,友人或刘家室致讣告于义山,则其逝又当更前。

五、六进一步写"哭",用潘岳作诔,宋玉招魂事。言我只能如安仁为作哀悼之文字,即使如宋玉为屈平招魂,又如何使你魂魄复返?

七、八结至平生情谊,不唯益友,亦是良师,言刘蕡一生品德节操,可以为师;"兼师友",偏指为师。孔子云:死者是师,当于内寝哭吊;死者是友,则于寝门之外哭吊。义山言己不能与刘蕡等同为友，不敢于寝门外哭，而应哭于内寝。

纪晓岚评曰："悲壮淋漓，一气鼓荡。"管世铭可谓义山知音，于《读雪山房唐诗序例》中云："观义山《哭刘蕡》诗，知非仅工词赋者。"

杜工部[①] 蜀中离席

人生何处不离群？世路干戈惜暂分。

雪岭未归天外使，松州犹驻殿前军[②]。

座中醉客延醒客[③]，江上晴云杂雨云[④]。

美酒成都堪送老，当垆仍是卓文君[⑤]。

［注释］

①杜工部：指杜甫。此言诗拟杜工部体，而以《蜀中离席》为题。

②"雪岭"二句：雪岭在松州嘉城县（今四川松藩），唐时与吐蕃、党项接壤，战云常罩，故赴天外之使未归而朝廷军队犹驻。

③"座中"句：《楚辞·渔父》："举世皆浊我独清，众人皆醉我独醒。"客已醉本可离席，无奈"醉客"又延留也。"醉客"比敝于时局者。

④晴云雨云：喻蜀中松藩之局势未稳。

⑤“美酒”二句：反讽“醉客”之安于逸乐，不忧国事。

[点评]

此拟杜工部之作，不必有“拟”字。纪晓岚云：“《集》中《韩翃舍人即事》亦此例。”诗为大中六年（852）初赴西川推狱毕将归东川时作。

一、二言人生聚散无常，所可惜者干戈未平而须暂分手，起即蕴忧国忧边之情。一退一进，大开大合。三、四应“世路干戈”“未归”“犹驻”，正边事不息之可忧也。五、六正写离席，“醉客”，不忧边事而安于逸乐者；“醒客”自谓，言“众人皆醉而我独醒”。“晴云雨云”，喻边地形势变幻不定。七、八应“醉客”，反讽彼等不务边事，却逗留成都耽于逸乐。管世铭曰：“善学少陵七言律者，终唐一世，惟李义山一人。胎息在神骨之间，不在形貌。”

井络

井络天彭一掌中，漫夸天设剑为峰①。

阵图②东聚烟江石，边柝西悬雪岭松③。

堪叹故君成杜宇④，可能先主是真龙⑤？

将来为报奸雄辈⑥，莫向金牛访旧踪⑦。

［注释］

①“井络”二句：井络，进宿之分野，此指岷山。天彭山在今四川灌县。剑峰，大、小剑山，即剑阁。二句意谓蜀中形势虽险而不足恃，以朝廷视之，不过一掌之中耳。

②阵图：诸葛亮造八阵图，东跨故累，皆累细石为之。

③“边柝”句：边柝，守边军士打更用的梆子。柝，军中刁斗。雪岭，在今四川松藩县，唐时与吐蕃、党项接壤。

④成杜宇：化为杜鹃。用望帝失国化鹃事。

⑤“可能”句：可能，岂能。此句应读为“先主岂能是真龙”，真龙，所谓“真命天子”。

⑥“将来”句：将来，持来。奸雄辈，指企图割据蜀中之藩镇。

⑦金牛旧踪：金牛道，古由秦入蜀之道。《十三州志》：“秦惠王未知蜀道，乃刻石五头，置金于尾下，言此天牛，能粪金。蜀人信之，令五丁共引牛成道，致之成都。秦国使张仪伐之。”

［点评］

前半言蜀地山川之险不足恃也：山有井络、天彭，阁有大小剑门；东有烟江阵图，西有雪岭传柝，形势险峻，然“漫夸”之，不足为恃。五、六以史事申足“漫夸”，言古巴国望帝早化杜鹃哀鸣；刘备据蜀，有诸葛辅之，终未能成大事。七、八“为报”云云，警戒妄图据蜀自固者，莫蹈金牛旧踪之辙！金圣叹解云：“此先生深忧巴蜀之国江山险峻，或有草窃据为要害，而特深著严切之辞，以为预戒也。”纪晓岚评曰：“立论正确，诗格自高；五、六唱叹指点，用事精切。”